Der Wiener Tiefkühlproduktelieferant Franz Schlicht soll einem makabren Wunsch nachkommen. Sein Kunde Doktor Schauer ist fest entschlossen, sich zum Sterben in eine Tiefkühltruhe zu legen. Er beauftragt Franz Schlicht, den gefrorenen Körper auf eine Lichtung zu verfrachten. Zum vereinbarten Zeitpunkt ist die Tiefkühltruhe jedoch leer, und Schlicht begibt sich auf eine höchst ungewöhnliche Suche nach der gefrorenen Leiche. Dabei begegnet er der Tatortreinigerin Schimmelteufel, einem Ingenieur, der sich selbst eingemauert hat, und einem Ministerialrat, der Nazi-Weihnachtsschmuck sammelt. Ferdinand Schmalz nimmt uns in »Mein Lieblingstier heißt Winter« mit auf eine abgründige Tour quer durch die österreichische Gesellschaft, skurril, intelligent und mit großem Sprachwitz.

Ferdinand Schmalz, aufgewachsen in Admont in der Obersteiermark, erhielt gleich mit seinem ersten Stück »am beispiel der butter« 2013 den Retzhofer Dramapreis und wurde zum Nachwuchsdramatiker des Jahres gewählt. Sein Stück »jedermann (stirbt)« wurde am Burgtheater uraufgeführt und 2018 mit dem Nestroy-Theaterpreis ausgezeichnet. 2017 nahm er an den Tagen der deutschsprachigen Literatur teil und gewann mit einem Auszug aus »Mein Lieblingstier heißt Winter« den Ingeborg-Bachmann-Preis. Ferdinand Schmalz lebt in Wien.

Weitere Informationen finden Sie auf www.fischerverlage.de

Ferdinand Schmalz

Mein Lieblingstier heißt Winter

Roman

FISCHER Taschenbuch

Aus Verantwortung für die Umwelt hat sich der S. Fischer Verlag zu einer nachhaltigen Buchproduktion verpflichtet. Der bewusste Umgang mit unseren Ressourcen, der Schutz unseres Klimas und der Natur gehören zu unseren obersten Unternehmenszielen.

Gemeinsam mit unseren Partnern und Lieferanten setzen wir uns für eine klimaneutrale Buchproduktion ein, die den Erwerb von Klimazertifikaten zur Kompensation des CO_2-Ausstoßes einschließt.

Weitere Informationen finden Sie unter: www.klimaneutralerverlag.de

Erschienen bei FISCHER Taschenbuch
Frankfurt am Main, Juli 2023

© 2021 S. Fischer Verlag GmbH,
Hedderichstr. 114, D-60596 Frankfurt am Main

Gesamtherstellung: CPI books GmbH, Leck
Printed in Germany
ISBN 978-3-596-70347-0

»Hier war offenbar jeder und alles unschuldig an dem
Fehlen von allem«

Ingeborg Bachmann, Der Fall Franza

Die Schimmelteufel

Wie ausgestorben liegt er da, der Ort. Dort zwischen Buschwerk und Gestrüpp, wo auch das Gras schon meterhoch verdorrt, streckt ein Triceratops den dreibehornten Kopf empor. Das Nackenschild da in die Schultern reingepresst, das Maul zum Schrei weit aufgerissen. Doch nichts zu hören. Kein urzeitlicher Klang, der Mark und Bein zum Beben bringen würd. So harrt es still, das Ungetüm, vielleicht weil dort unter den Bäumen, hinter ihm im Schatten, schon der Fressfeind lauert. Zwischen Baumstämmen ist schon der dichtbezahnte Kiefer eines Tyrannosaurus zu entdecken. Die kleinen Händchen dicht am Leib. Den Killerblick da auf die Beute schon gerichtet, lauert er, wartet auf den Augenblick, in dem die messerscharfen Zähne er ins Fleisch des Vogelbeckensauriers dann schlagen könnt. Gräulich liegt ein Duft jetzt von Versengtem in der Luft, als wäre ein Vulkan hier in der Nähe ausgebrochen oder so ein Himmelskörper brennend da vom Himmel rausgestürzt, um sich dann in die Erde reinzugraben. Fast unscheinbar dieser Geruch, der doch erzählt vom Untergehen ganzer Welten. Ein Stückchen weiter, da am Wasserloch, ein umgekippter Stegosaurus. Die Rückenschilder teils da in den Schlamm hineingerammt, teils schon von dichtem Schimmel überzogen, weshalb auch Harald drum der Echse auf dem Bauch draufsteht, mit einem Schrubber ausgestattet. Und sich von Norbert diesen Eimer mit den Chemikalien jetzt reichen lässt, mit denen sie den Mikroorganismen auf den Makroechsen nun zu Leibe rücken wollen. Und schrubbend spricht's aus Harald jetzt heraus, dass bei der allgemeinen Unordnung, die heutzutage herrscht, dass bei dem Chaos, das zu einem rüberschwappt, hat man den Fernseher erst mal eingeschalten, oder es, das Endgerät, dass man sich doch dann fragen muss, also dass er sich fragt: »Wo führt das alles hin?« Er sitze so zu Haus, bei sich zu Haus in seiner Wohnung drin, da auf dem Fernsehsessel, den er zwecks tieferer Entspannung sich gekauft, sitze drin im Fernsehsessel und starre tiefer rein, da in den Fernseher hinein, doch die Entspannung wolle sich beim besten Willen nicht einstellen. Ganz unrelaxt sitze er, der Harald, dann und denke da in sich, dass das doch alles lang schon nicht normal mehr sei. Und frage sich, ob das nur ihm auffalle, dass es nicht mehr normal zugehe in der Welt. Woraufhin Norbert, der am Schwanz des vorzeitlichen Riesen nun den Schrubber angesetzt, einwirft, dass ihm das alles auch ganz abnormal erscheine. Da sei er nicht allein, der Harald, sagt der Norbert jetzt. Und fühle sich derart angespannt, da im Entspannungssessel drin, fühle er, der Harald, sich nicht ganz bei sich. Das falle ihm dann auf in dem Moment, dass er nicht ganz bei sich, obwohl er doch in seiner Wohnung drin, in seinem Sessel, da in seinem Körper drinnen sitze, denkt er. Und trotzdem nicht bei sich. Und bilde sich so eine dünne Schweißschicht, da zwischen ihm und diesem Kunstleder, das seinen Fernsehsessel überziehe. Dass er ganz unmerklich zu schwitzen dann beginne, wenn dieses Chaos sich vom Fernseher heraus ergieße da auf ihn. Doch Norbert, der noch immer nicht versteht, will nun schon wieder mit der Hitzewelle anfangen und wie grad alle schweißgebadet seien. Dass das kein Zustand mehr da in der U-Bahn drinnen sei, wo all die sitzen wieder, die von einem Deodorant nichts wissen wollen. Aber Harald schneidet scharf ihm rein, dem Norbert, ins belanglose Gerede, weil gerade von größeren Zusammenhängen doch die Rede war. Und dass, seit er sich das klimatische Gerät gekauft, fast arktische Bedingungen da drin bei ihm in seiner Wohnung herrschen. Dass das, was da aus seinen Poren trete, was ihn ganz unmerklich von dem Entspannungssessel trenne, dass das was anderes sei. »Norbert, das ist was Allgemeines.« Und dass er angefangen habe, darauf zu achten, auf diese Anfälle von Abwesenheit zu achten. Dass es ihm aber nicht nur bei sich selbst auffalle. Dass er auch immer wieder andere beobachte, die nicht bei sich sind ganz. Und dass auch da in *Gittis Eck*, wo er, wenn es ihm dann zu unentspannt in seiner Wohnung wird, sich an die Bar hinstelle, dass unter Gittis Stammgästen er verdeckt, doch zielgerichtet Umfragen gestartet hätt, die untrüglich ihm zeigen würden, dass dieses Gefühl nicht ganz bei sich zu sein, dass das was Größeres sei. Und glaubt auch Norbert verstanden jetzt zu haben, worum es Harald grade geht, und nickt ihm zu und spricht ihm nach: »Das ist was Größeres.« Woraufhin Harald jetzt den Eimer nimmt und aus ihm raus den Schwall Putzwasser auf dem Echsenbauch verschüttet jetzt. Fließt nun der Echsenhaut entlang in Rinnsalen auf all den kachelgroßen Poren sich verästelnd, der Schwerkraft folgend, durch chaotisches Gewirr, bis endlich es den Boden nur mehr tröpfchenweis erreicht, um dort ins Erdreich dann zu sickern.

»Kernkeulenpilz. Sagt dir das was?«, fragt er, der Harald, dann nach längerer Pause. Und bricht kurz Norberts Stimme jetzt, dass ein Geräusch unkontrolliert seinen Stimmbändern entkommt, ein Laut, der etwas von der Angst erzählt, die da, tief drin, im Norbert sitzt, die Angst davor, dass er auf sich gestellt, allein etwas entscheiden müsst, dass er vielleicht dann eine Verantwortung ertragen müsst, die Angst, die ihn an Harald schweißt, klingt da jetzt mit in dem verschluckten Laut. Weshalb er drum versucht, so schnell wie möglich sich nun einzukriegen wieder. »Harald. Da müsst ich lügen, jetzt.« Und putzt energisch weiter er, als könnt er mehr noch wegschrubben als Schimmel da auf diesem Plastikungetüm, während Harald für den Bruchteil eines Augenblicks dort auf der Echse·thronend diese Scham genießt, aus der sich härteste Loyalität doch schmieden lässt. Und fährt drum noch mal angeregter fort, aufs Putzen ganz vergessend schon. »Gibt Pilze, Kernkeulenpilze, die das Nervennetz von Ameisen befallen. Steckt erst sich eine Ameise mal an, da an den Sporen von dem Pilz, ist sie heillos verloren. Durch kleinste Risse im Insektenpanzer kriecht der Pilz der Ameise hinein ins Körperinnere und ziehen Fäden sich nun durch den infizierten Leib bis da hinein in ihren Schädel. Pflanzt sich hinein ins Ameisenhirn, der Kernkeulenpilz. Und zeigt das Kriechtier nun das anormalste Verhalten, wirkt abgelenkt, weil da der Pilz im Hirn es lenkt, es steuert schon. Hat erst der Faden da im Kopf das Ruder übernommen, regiert den Willen gänzlich er, der Pilz.« Das habe er, der Harald, alles sich im Internet zusammenrecherchiert. »Zwingt sie, die Ameise, als wären es die eigenen Gedanken, zwingt dieser Pilz sie, sich an eine ausgewählte Stelle an der Unterseite einer Pflanze zu begeben. Um ferngesteuert sich dort mit den Fresswerkzeugen dann in eine Blattader hineinzubeißen. Ist er erst angelangt an diesem für den Pilz so vorteilhaften Ort, verreckt der Wirtsleib dann elendiglich. Bedeckt wie Fell das Pilzmyzel den Exopanzer von der Ameise, aus deren Kopf nun knackend der Fruchtkörper rauswächst, um seine Sporen da am Waldboden dann zu verstreuen.« Er, Harald, der den gesamten Stegosaurus nun als Bühne sich entdeckt, vor der stumm Norbert steht und staunt, er habe eine Doku sich zu diesem Thema angesehen, darin sah man die Ameisen, vom Pilz befallen, aus der Ordnung ihres Stammes brechen, um vereinzelt und dem Tod geweiht ihre Gemeinschaft zu verlassen. Gleich Untoten wandeln sie, die pilzbefallenen Rossameisen, ihrem vorprogrammierten Ende dann entgegen, von dem sie selbst noch glauben, dass sie es auch genau so wollen. Dass er, als er das Schicksal dieser kleinen Tierchen sah, dass er seltsam gerührt im Inneren sich fühlte. Ja, dass er beim Anblick der taumelnd orientierungslosen Tierchen eine seltsame Verbundenheit mit ihrem Schicksal spürte. Als hätte dieses absurde Naturphänomen, als hätte das etwas mit dieser Situation zu tun, in der er sich im selben Augenblick da in dem Fernsehsessel drin befunden habe, ja mit der Situation, in der sich unsere Gesellschaft als Ganzes grad befinde: »Uns sitzt doch allen etwas drin im Hirn! Schau rein mal da in die Gesichter all der durch die Städte Taumelnden. Schau rein ins ausdruckslose Antlitz all der willenlosen Ameisen, die durch die Straßen ziehen. Schau rein!«, schreit Harald völlig außer sich. Von seiner eigenen Emotion nun übermannt, gerät er selbst komplett ins Taumeln. Und rutscht, rutscht plötzlich Haralds Fuß weg auf der Dinoplastikhaut, der glitschig rutschigen, woraufhin er samt seinem Körper auf die Erde stürzt, kurz reglos liegen bleibt, bis langsam er erst nur den Kopf anhebt, bis dann der Blick von ihm über den Schlamm am Boden gleitet, stößt mitten da im Schlamm auf festes Schuhwerk er, der Blick, worin zwei Beine stecken, unter deren nylonstrümpfernen Bespannung ein Geflecht aus Krampfadern und Besenreisern sich verzweigt, dem nun der Blick von ihm, dem Harald, nach oben folgt, gleitet über diesen Jeansrock, an dessen Bund das Firmenpolo reingesteckt. Auch über das karibikblaue Polo gleitet schneller nun der Blick von ihm, bis er nun endlich in das Gesicht reinblickt, das der Chefin, der Schimmelteufel ihres ist.

Und beide jetzt wie festgefroren. Versteinerte Fossilien. Der Harald aus Respekt, der sich aus ihrem Angesicht ihm hat nun eingeflößt. Doch warum sie, die Schimmelteufel, nicht wie sonst, wenn Harald etwas so verpatzt, sofortest ihn aufs übelste anherrscht, warum auch sie für einen Augenblick verharrt, liegt daran, dass auch sie jetzt runterblickt an ihr, an ihrem Körper runter, dass auch ihr Blick gerade runter fällt und auf den Harald drauf, der da im Schlamm zu ihren Füßen liegt. Fällt auf ihn drauf der Blick, oder besser: fällt durch ihn durch. Sieht da in ihm jetzt die Vergangenheit. Tritt in der Maske jetzt der Gegenwart ihr die Vergangenheit entgegen. Weshalb sie grad nicht anders kann, als sich erinnern müssen. Und muss man jetzt mal sagen, dass so ein Blick in die Vergangenheit das weitaus Kompliziertere doch ist. Weil in so eine Zukunft schauen, das kann nun wirklich jeder. Hat man die Hoffnungen und Ängste erst erspäht, die da im Menschen drinnen wohnen, dann fächern sich dazwischen all die Möglichkeiten auf, auf die der Blick der Vorsehung sich werfen kann. Auch wenn der Zufall immer noch in diese Zukunft reinpfuscht dann, wird doch die Möglichkeit, in die der Blick der Vorsehung mal reingespäht, allein durch dieses Reinspähen schon wahrscheinlicher. Und sagt man drum dazu auch Selffulfilling Prophecy. Doch in die andere Richtung blicken, da rein, in die Vergangenheit hinein, wo unter Trümmern all der Zeiten das Vergangene verschüttgegangen ist, dort in das Dickicht rein, wo keine Möglichkeiten sich mehr aufspannen, dort reinzublicken braucht es schon einen Blick, der sich durch alle Schichten wie ein Ölbohrkopf durchbohrt. Und gerade so ein Blick blickt aus der Schimmelteufel raus jetzt und durch den Harald durch, sieht nicht mehr Harald vor sich liegen, sondern ihn, Franz Schlicht, wie damals er auch ihr zu Füßen ist gelegen. Und während er versucht, der Harald, wieder aufzustehen, aus diesem Urschlamm, in den er reingestürzt, braucht auch die Schimmelteufel ein paar Augenaufschläge, um da in dieses Jetzt zurückzukehren. Und meint sie nun, der Blick noch immer bohrend wie zuvor, dass sie schon sehe, sehe, dass hier noch einiges zu tun für ihn, den Harald, und den Norbert. Sie habe sich ihr Bild gemacht, von dieser Ausgangssituation, und was es braucht, um all den Schimmel auf den Plastikungetümen zu beseitigen. Es hat nämlich ein Herr Andreas die Firma Schimmelteufel mit der Reinigung der Urzeitriesen hier in dem verlassenen Vergnügungspark unlängst beauftragt. Der Herr Andreas, ein ausgesprochener Kindernarr, hatte infolge eines unglücklichen Todesfalls in einem kinderlosen Seitenflügel der Familie sich unverdient eine beträchtlich hohe Summe ererben können, mit der er dieses ungeschliffene Juwel am Stadtrand, also in bester Lage für Freizeitangebote dieser Art, sich unter seinen Nagel reißen konnte. Dass es ein Glück im Unglück gibt, diesen Gedanken, der jedes Mal ihm ins Bewusstsein ragt, wenn er an Onkel Adalbert und dessen jähes Ende denkt, verscheucht er mit der Vorstellung, dass es, das Glück, nur über diesen Umweg all der Kinder, die in seinen Freizeitpark mal pilgern werden, dass dieses Glück dann erst zu ihm gelangen wird, wenn es erst viele Kinderseelen mal beglückt, kehrt es zu ihm zurück. Und weil der Geist von Onkel Adalbert ihm bissig immer wieder durchs Gewissen geistert, stürzt er sich drum energischer noch in die Vorbereitungen der Neueröffnung des Geländes, von Onkel Adalbert in jenen Wahn getrieben, den man von vielen Leuten in der Kinderunterhaltungsbranche kennt. Und muss drum alles hier blitzblank, von einer Tiefensauberkeit durchdrungen, wieder wie neu erstrahlen. Weshalb auch diese beiden Reinigungsexperten Harald und Norbert, Schimmelteufels treuste Untergebene, der Schimmelbeseitigungsaufgabe aufs gründlichste nachgehen, befreien all die Dinosaurier aus ihrer schimmligen Ummantelung. Und während sich nun auch der Harald aus dem Schlamm wieder hat aufgerappelt, meint sie, die Schimmelteufel, sie werde, da ihre Anwesenheit hier hoffentlich nun nicht vonnöten mehr, weil doch die beiden selbst zurecht sich fänden, werde sie erst mal zurück in ihr Büro.

Als sich der Vormittag schön langsam auch zu Ende neigt, sitzt sie, die Schimmelteufel, wieder da drin in ihrem Firmensitz, an ihrem Schreibtisch dann und schlägt, schlägt fester noch mal jetzt die Stimmgabel gegen das Knie, das ihre, dass sie in Schwingung wird versetzt von diesem Schlag. Vibriert jetzt lautlos das Metall da in der Luft über dem Knie. Woraufhin sie die Stimmgabel nun auf dem Schreibtisch, dem Laminatholztisch, aufsetzt, da zwischen all die Rechnungsstapel, zwischen Aufträge und Anträge hinein, presst auf die Deckschicht sie, dass diese Laminatschicht nun von dem Vibrieren angesteckt auch nun in Schwingung noch gerät, und auch die Spanholzplatte drunter, ein jeder Span in ihr, der Spanholzplatte, schwingt jetzt mit in der Frequenz. Vierhundertvierzig Hertz. Leiht er, der Schreibtisch, jetzt der Stimmgabel den Klangkörper, wodurch, hat erst ein jeder Span das Seinige mal beigetragen, nun klar und deutlich der Kammerton vernehmbar wird. Und denkt in sich, den Ton im Ohr und noch den leisen Schmerz im Knie, denkt sie, die Schimmelteufel, dass so ein Schlag, dass die Gewalt, mit der sie das Metall der Stimmgabel da an ihr Kniegelenk geknallt, erst diese Harmonie ermöglicht, die sich in alle Ecken ihres Arbeitsplatzes zerkrümelt jetzt. Dass dieser Schlag nur scheinbar alles aus dem Gleichgewicht, dass der hörbar den Raum erst ausrichtet auf einen Klang, der schwebt nun in der Mitte. Und weiter denkt sie da in sich, dass auch der schönste Kammerton, dass der nicht ohne einen Schlag, der leider schmerzt, auskommt. Dass unter dem Vibrieren drunter, wie eine zweite Schwingung, tiefere Frequenz, dass da auch immer dieser Schmerz mitschwingt. Und dass halt immer jemand seinen Körper herleihen muss. Dass auch der Schmerz, so wie der Kammerton, doch einen Klangkörper auch braucht, den man ihm leihen muss. Und hebt sie jetzt den Arm über den Kopf, dass er in Streifen von dem Licht zerschnitten, das durch die Jalousie reinfällt. Holt aus. Und schlägt mit aller Kraft noch einmal sich die Stimmgabel, jetzt an ihr Knie, dass schrill der Schmerz in ihr erklingt. Lehnt sich zurück in ihren Stuhl, den ergonomischen, der nachgibt, nach hinten kippt. Und Schmerz und Denken hochfrequent jetzt da in ihr. Der ganze Körper durchquert von Wellen, die sich an ihren Innenwänden brechen. Und drückt sie nun das runde Ende von der Stimmgabel hinein sich zwischen ihre roten Lippen, auf diesen Goldzahn oben rechts, dass sich der Schall der Gabel überträgt. Und von dem Kieferknochen, in dem der Goldzahn drin verankert ist, bohrt sich der Kammerton hinein, da in die Schimmelteufel rein, bis dass sich endlich alle Schwingung tilgt. Resonanzkatastrophen, da in ihr drin.

Der Schimmel kam erst mit der Zeit, der Teufel war schon vorher da. Auch wenn sie heute jeder nur als Schimmelteufel kennt, weil halt das Schild da an der Zufahrt zu der Firma, ihrer, steht. Prangt an der Einfahrt zu dem kleinen Grundstück hinterm Bahndamm, nachts in Neonlicht getaucht, das

Schild, drauf steht geschrieben: *Schimmelteufel. Reinigungen aller Art.* Von hier bricht täglich eine kleine Flotte Putztrupps auf, die sie sich über die Jahre hat aufgebaut. Blickt raus jetzt sie, in der noch immer gedankenlose Stille herrscht, blickt raus auf diesen Vorplatz, wo drei Firmenfahrzeuge geparkt. Und kurz befällt ein Stolz sie jetzt, den sie schon fast nicht mehr erkannt hätt. Sieht noch mal ihn, den Schlicht, vor ihrem Auge, diesem inneren. Sabine Teufel hat, wie man so sagt, klein angefangen, geputzt alleine, stundenlang. Bei Ärzten, Anwälten, in Kindergärten und Bordellen. Doch als das Schicksal ihr hat unverhofft eine Gelegenheit zum Aufschwung zu der Unternehmerin, die sie jetzt ist, als es ihr diese Chance achtlos hat hingeworfen, da hat die Teufel zugepackt, hat sie mit aller Härte das Schicksal selbst dann in die Hand genommen und keinen Schmerz, sei er auch noch so laut, gescheut. Hat sich den Schimmel umgehängt und ist von da an unternehmerisch geworden. Damals noch mit keinem Firmenschild, doch einer kleinen Anzeige in einer Gratiszeitung drin.

Und noch mal ein Vibrieren. Gefolgt von keinem Kammerton vibriert es auf dem Schreibtisch jetzt. Und greift sie sich, die Schimmelteufel, an die Schläfen, weil dieser Schmerz durch ihren Körperinnenraum jetzt wieder hallt. Und noch mal bohrender, noch dringlicher vibriert, fast wie ein Schlagbohrer ihr Handy auf dem Laminatholztisch. Und leuchtet da auf dem Display ein Name auf. In großen Lettern steht dort *Kerninger*. Und greift nur widerwillig nach dem Ding, klappt auf es und spricht ein kurzes, atemloses »Was gibt's?« hinein in diesen Apparat. Um reinzuhören dann, da in die Leitung rein, die keine Leitung ist in Wirklichkeit, das weiß sie schon, dass das nur Wellen, hochfrequente Schwingungen, die jetzt von draußen durch die Luft herein und in ihr Handy diese Klänge tragen, die sie nun deutlich als die Stimme von dem Kerninger vernommen hat. Massiert die Schläfe sich in Kreisen, wo sich die Resonanz von all den Schwingungen grad bündelt. Hört ihm da auf der einen Seite zu und kreist mit ihren Fingerspitzen auf der anderen, bis endlich keine Schwingung mehr die Stimme von dem Kerninger da durch die Luft ans Ohr ihr trägt und sie nun kurz und bündig meint: »Nichts anfassen. Ich komm vorbei. Alles stehen und liegen lassen, wie es nun mal ist. Wir kriegen das schon wieder sauber, sauberer als wie zuvor.« Am kleinen Waschbecken schmeißt sie zwei Schmerztabletten da in sich hinein. Dann geht es raus ins Flirren dieser Hitzewelle.

Der Schlicht

Er, Franz Schlicht, sieht sich in seinem Innersten, in seiner tiefsten Prägung als, wie man so sagt, wüsten Charakter. Sieht allerdings darin sich als Gewordenen. Genauer gesagt, denkt er sein Schicksal als von einem Moment, einem Augenblick ausgegangenes. An diesem Punkt, Sekundenbruchteil, an dieser Gabelung seines Lebens, stellten sich die Weichen. Da fuhr er ab, dieser Charakterzug mit ihm. Da nahmen sie, diese Entwicklungen, die schicksalhaften, ihren Ausgangspunkt, an deren Endpunkt er nun steht, oder besser der schwache Charakter, als den er sich heut sieht. Und obwohl die Welt in so einfachen Bahnen sich nicht denken lässt, obwohl sich jeder jederzeit auch anders, also gegen sein Schicksal entscheiden kann, würden ihn keine zehn Seelsorger davon überzeugen können, sich nicht als das Produkt dieses einen schicksalhaften Augenblicks zu sehen. Und gerade weil sich in ihm diese Gewissheit eingenistet hat, dass seinem Schicksal und Charakter nicht zu entkommen sei, dass er sich selbst, wie man so sagt, nicht entkommen könne, egal in welchen Zug er steigt, dass keiner ihn auch einen Meter nur von seinem Charakter entfernen könnt, darum begann er nun sich seiner Prägung, dieser ungewollten Schuld, nicht mehr zu schämen. Im Gegenteil, insgeheim hat er sich damit abgefunden, keiner von den sogenannten guten Jungs zu sein. Zwar bekennt er sich nicht in aller Öffentlichkeit, doch da in seinem innerst Inneren zu seiner charakterlichen

Schwäche. Der Schlicht lässt sich jedoch von außen nichts ankennen von seiner inneren Gewissheit. Im Gegenteil, er straft noch jeden Lügen, der meint, dass so ein tieferer Charakterzug auch nur an kleinsten äußeren Merkmalen sich ablesen ließe. Keine innere Verschlagenheit hat auf seinem Gesicht auch nur unscheinbare Spuren hinterlassen. Kein Anzeichen von Listigkeit, das da in seinen Augen aufscheinend ihn kurzerhand verraten würd. So wirkt er nun, ganz seinem Namen treu, geradewegs die Schlichtheit in Person.

Am Rand der Stadt. Halbwildnis, die er wieder mal durchstreift. Brachland, durchzogen von vereinzelt hingestreuten Siedlungen. Reihenhäuser wie Gefängnisblocks. Dahinter sterile Vorgärten, in denen Plastikkinderrutschen erodieren. Dann wieder Schrottplätze und Autobahnverteiler. Dickflüssig liegt die Luft hier in den Straßen, die müde von dem Tag. Die Reifen schmatzen am glühenden Asphalt, der flimmernd sich schon aufzulösen scheint. Als würde er, der flüssige Asphalt, am Ende dieser Straße Wellen in die Luft schon schlagen. So gräbt sich Schlicht nun seinen Weg, schiebt sich durch das Gallert der Hitzewelle, die andauert, schonungslos, kein Ende kennt. Und bringt doch surrend er auch ein Versprechen mit, auf Abkühlung in dieser Stadtsteppe. Es sind die Hundstage nun mal die umsatzstärksten nach der Weihnachtszeit. Weil hat man erst die Ware durch den Hochofen der Parkplätze gebracht. Hat man erst unaufgetaut in seiner Thermotasche das Tiefgefrorene die Treppen raufgetragen. Hat sie, die Auswahl bunter Eis am Stiel, es erst mal in die Tiefkühltruhen treuer Kundinnen und Kunden dann geschafft, kann sich der Endverbraucher oder sie, die Endverbraucherin, auch daran abkühlen. Und von den Lippen, Zungen, Mägen all der überhitzten Körper macht sich vorübergehend eine Abkühlung nun wieder breit. Macht es für kurze Zeit erträglich, dieses ungewöhnlich heiße Wetter. Seit mittlerweile sieben Jahren fährt er in seiner Firmenuniform, die er mitsamt dem Lkw von der Gesellschaft sich geliehen hat, die Tiefkühlware hier heraußen aus. Doch so ein Jahr war ihm, dem Klimawandelleugner, noch nicht untergekommen. Und leise sagt er sich, als er die Türe öffnet und diese feuchte Schwüle in die Fahrerzelle schwappt, dass es sein Jahr. »Das ist das Jahr des Eismanns«, sagt er sich, der Schlicht.

Und steht in der vom Schweiß durchnässten Eismannuniform jetzt vor der Tür des nächsten Kunden: Herr Doktor Schauer. Und blättert nach in seinen Unterlagen, in dem Kalender in der abgenutzten Hülle drin aus Kunstleder, wo vorne drauf das Firmenlogo prangt. Unter dem Namen Doktor Schauer steht dort doppelt unterstrichen: Rehragout.

Und weiß sofort, was ihm das Stichwort jetzt zu sagen hat. Es ist gerade diese Kenntnis persönlicher Vorlieben, die für so einen fahrenden Vertreter von äußerstem Interesse sind. Man muss die heimlichen Schwächen der Kundschaft kennen. Zum Beispiel im Sahnetortensegment: Weiß man erst die Geschmacksrichtung, für die der Kunde oder sie, die Kundin, ihre Schwächen hegt, dann hat man leichtes Spiel. Auch wenn, wie eben bei Frau Übelbacher, Lehrerin, alleinstehend und kurz vor ihrem Ruhestand, ein »Heute nichts!« jegliche Anbahnung, geschäftlicher Natur, zu unterbinden sucht, kann so ein beiläufiges »Der Bienenstich wär heut im Angebot« oft ungeahnte Wirkung tun. Ist man jedoch in dem Moment nicht absolut geschmackssicher, ist jede Chance dahin.

»Rehragout«, und weiß sofort, dass es bei Doktor Schauer nicht viel zu holen gibt, seit mittlerweile sieben Jahren macht der Schlicht hier jeden zweiten Mittwoch halt, um Doktor Schauer eine Portion tiefgefrorenes Rehragout ins Haus zu liefern. Er hat versucht, ihm schon das ganze Sortiment schmackhaft zu machen. Hat alle Mittel seiner Kunst hier aufgeboten. Doch nichts, der Schauer will nur Rehragout. Drückt jetzt ein bissl länger als gewöhnlich das Klingelschild mit seinem Namen dran. Gibt solche Kunden, die wollen einfach »Rehragout«, da hilft die ausgefeilteste Taktik auch nichts.

Und geht die Tür jetzt auf, dahinter er, der Doktor Schauer, oder besser nur der Schatten seiner selbst. Wirkt nun sogar in dieser Hitze noch, als würde es ihn frösteln. Das war dem Schlicht beim letzten Mal schon aufgefallen, fällt's ihm jetzt ein, dass der Herr Doktor Schauer nicht ganz auf der Höhe war, dass er nicht mehr den frischesten Eindruck vermitteln konnt. Und hat sich vor zwei Wochen schon gedacht, auch das fällt wieder ihm jetzt ein, dass er sich damals schon gedacht, ob das vom vielen »Rehragout« nicht kommen könnt. Weil man doch immer wieder hört, dass so viel Wildfleisch essen, also wegen Tschernobyl und auch hier Vogelgrippe, Schweinepest. Also rein gesundheitlich hat er, als er den Doktor Schauer hat gesehen letztes Mal, schon durchaus seine Bedenken da gehegt. Doch nun gibt's keinen Zweifel mehr, dass der Gesundheitszustand von dem Doktor Schauer, dass der wirklich bedenklich ist. Und drum auch nun peinlichstes Schweigen zwischen ihnen. Und hat man manchmal das Gefühl, dass mit der Temperatur, der steigenden, auch so ein Schweigen zwischen Menschen schlimmer wird. Drum wird auch da in diesen Cowboyfilmen in der Hitze der Prärie das Schweigen gern mal unerträglich, bis einer von den Cowboys den andren abknallt dann. Und auch jetzt, als dieser Schweißtropfen schon über Schlichts Nasenrücken rollt, wird es, das Schweigen, unerträglich. Und anstatt ihn jetzt zu fragen, ob ihm das Rehragout vielleicht nicht ganz bekomme oder ob er in seinem Zustand überhaupt noch Lust hätte auf eine weitere Packung von dem tiefgefrorenen Fertigessen, stattdessen fragt der Schlicht, als dieser Schweißtropfen schon an der Nasenspitze baumelt, nur: »Wie immer?«

Im Keller. Die Wände voller Jagdtrophäen. Geweihe aller Art. Sogar ein Zwölfender. Sonst nichts. Nur dieser Eiskasten, vor dem der Doktor Schauer steht. Der Schlicht ist hier zum ersten Mal. Sonst liefert er die Ware für gewöhnlich an die Türe. Doch nun steht er, die Packung Rehragout in seinen Händen, da im Keller drin. Und öffnet nun der Schauer diesen Tiefkühlschrank, dass ein Schwall kalter Luft rausstürzt und auf dem Fliesenboden nebelnd sich verteilt. Randvoll ist er, der Schrank, schon mit der tiefgefrorenen Wildspezialität. Jahrelange Liefertätigkeit liegt hier auf Eis. Die untersten Packungen gezeichnet schon von übelstem Gefrierbrand. »Umgerechnet fast ein ganzes Reh«, spricht's aus dem Schauer jetzt heraus. Im Schlicht hat sich eine Erleichterung nun breitgemacht, weil diese Schuld an Schauers Gesundheitszustand offensichtlich nicht mehr auf den übermäßigen Konsum der Tiefkühlkost zurückzuführen ist. Und deutet Doktor Schauer aufs Hirschgeweih, da an der Wand über dem Eiskasten, jetzt hin. »Er wollt nicht mehr.« Da spürt der Schlicht, wie ihm die Kälte von dem Rehragout, das er noch immer da in seinen Händen hält, wie sie, die Kälte, ihm nun in die Finger kriecht. »Hat sich von mir erschießen lassen. Der wusste ganz genau, dass ich auf dieser Lichtung steh. Hat das Gewehr in meiner Hand gesehen. Der Hirsch ist auf mich zu, die Brust herausgestreckt, bis ich hab abgedrückt. Bis sich die Kugel da in seinen Leib hineingedrückt hat dann. Der wollt nicht mehr.« Während der Schauer ihm nun von dem Krebs erzählt, der sich in seine Lunge frisst, während das Kühlgerät zu piepsen schon beginnt, weil ja die

Tür noch immer offen steht, während das Päckchen leicht zu tauen schon beginnt, während draußen die Hitze ihren frühnachmittäglichen Höchststand nunmehr erreicht, wird auch dem Schlicht schön langsam klar, dass es sich hierbei nicht um eine ganz normale Tiefkühllieferung mehr handeln kann. Ohne Umschweife teilt Doktor Schauer ihm nun mit, dass er sich heute noch das Leben nehmen wird. Dass er drei Schlaftabletten schlucken wird, um sich dann in den Eisschrank reinzulegen. Weil das Erfrieren bei langsam schwindendem Bewusstsein doch die angenehmste Weise sei zu sterben. Hinüber in die ewigen Jagdgründe zu wechseln. Dass ihm jedoch der Gedanke, auf ewig hier im Keller in dem Eisschrank drin zu liegen, um von irgendjemand, womöglich noch von seiner Tochter, gefunden dann zu werden, dass ihm dieser Gedanke unerträglich sei. Dass man vielleicht dann glauben könnte, dass es die Hitzewelle war, die ihn da in den Eiskasten hineingetrieben. Dass er doch auch, wie er, der Hirsch, so eine erhabene Entschlossenheit auch da im Freitod noch ausstrahlen wolle. Und dass an diesem Punkt jetzt er, der Schlicht, in diesem Plan auftauche. Dass mit den Möglichkeiten, mit seinen tiefkühlunternehmerischen Möglichkeiten, man einen Transport seines Leichnams doch in Angriff nehmen könnte. Um ihn an einem wohl gewählten Ort, da auf der Hubertuswarte, dann bei Nacht und Nebel auszusetzen. Wenn dann die ersten Sonnenstrahlen ihn erwischen würden, würd er ganz langsam wieder auftauen. Was des Weiteren mit ihm passiere, das wäre für ihn, wisse er sich mal an diesem für ihn so wichtigen Ort, wäre für ihn dann von nachrangigem Interesse. Es würd wohl irgendein Passant ihn dann entdecken und die Behörden auch verständigen. Natürlich würde dabei eine nicht kleine Summe, die er angespart, für ihn, den Schlicht, rausspringen.

Und spürt noch immer diese Kälte in den Fingern, er, der Schlicht, als er schon wieder da in seinem Kühltransporter sitzt. Morgen Abend, sobald es dunkelt, soll er ihn abholen dann, hat er gesagt, der Doktor Schauer. Greift mit den halbgefrorenen Fingern jetzt da in die Tasche rein von seiner Uniform, wo noch mal kälter dieser Kellerschlüssel drinnen liegt. In seinem Kopf Gefrierbrand jetzt. Was wohl mit all dem Rehragout passieren wird?

»Es muss das Natürliche, muss nicht das Gute sein auch«, spricht's zwischen diesen Zähnen, den silbern regulierten, spricht es heraus jetzt. Und kramen sich die Hände durch die Kisten voller Feuerwerk, schiebt sich sein Feuerwerkerkörper langsam tiefer in den Raum, der spärlich nur von Licht durchflutet. Fällt scheibchenweise hier herein, das Licht durchs Schaufenster, das von dem Ruß der Kraftfahrzeuge trüb, und durch Lamellen einer staubbedeckten Jalousie, fällt so gefiltert hier herein. »Weil das Natürliche kann doch das Schrecklichste auch sein. Natürlich kann sich das Natürliche von seiner schlimmsten Seite zeigen auch. Nur weil die Leute sich ihre Natur verklären wollen, weil ihre Vorstellung einer Natur nicht über die Hecken ihrer Kleingärten hinaus noch reicht, heißt's nicht, dass automatisch das Natürliche das Bessere sein muss.« Und tasten sich die Finger durchs Geäst der Feuerwerksraketen. Stöbern durchs Gehölz der Stiele auf der Suche nach dem rotfaktorigen Gefieder, das dem Kanarienvögelchen seines ist. Der Schlicht hat es zwar bisher noch nicht zu Gesicht bekommen, doch irgendwo im Unterholz des Ladens soll es hausen, dieses Federvieh. Und um nun den Beweis zu bringen für die Vogelexistenz, stellt vor Schlichts Augen der Feuerwerker Fabian den Laden auf den Kopf. »Und muss darum, was man gemeinhin einen natürlichen Tod nennt, nicht von vornherein das Bessere auch sein. Wenn man mich fragt, so wär ein unnatürlicher Tod das weitaus Liebere mir. Je unnatürlicher so ein Tod«, spricht er, der Fabian, »umso verständlicher wäre er mir.« Weil, dass der Tod etwas Natürliches, etwas Gewachsenes sei, könnt er beim besten Willen nicht verstehen. »Und ist darum dieser Begriff, natürlicher Tod, den sich die Leute so gern in die Münder legen, ist nur ein Tod von Kleingartennatürlichkeit.« Ruckartig fährt nun die Hand von ihm, dem Fabian, hinein zwischen die Kisten, dass man es knacksen hört, als würden Vogelknochen brechen. Und eine Kiste Feuerräder kippt nun vom Regal. Und rollen sie, die Feuerräder, durch den ganzen Lagerraum, poltern über Pappkartons bis in die Schluchten zwischen ihnen. Kurz klang's nach Vogelbeinchen, die an Kisten schaben, dann hört man wieder nur die Autoreifen von draußen vor dem Laden, wo sich diese Verkehrsadern verknoten. Wo sich all diese Pendlerrouten kreuzen, steht der Betonblock mit der Aufschrift *Feuerwerke Fabian*. Darin sitzt er, der Feuerwerker, Tag für Tag, auch wenn das Hauptgeschäft die letzten beiden Wochen eines jeden Jahres ausmacht nur. Das ganze Jahr fährt man vorbei, bis dann, wenn es, das Jahr, schon fast vorüber, man doch noch hält bei ihm, um seine zündenden Produkte für den Rutsch ins neue Jahr sich zu besorgen. Zieht jetzt die Hand wieder heraus unter den Kisten, darin ein Bund zerbrochner Schillingraketen, von dem Kanarienvogel keine Spur. Und ob nicht jeder Tod in gewisser Hinsicht unnatürlich sei. Dass doch der natürliche Tod per se eine Unnatürlichkeit darstelle. Denn das Innere sei ihm immer schon unerklärlich gewesen und daher unheimlicher als alle äußeren Faktoren. Jegliche äußere Gewalt, die er klar zuordnen könne, wäre ihm lieber als irgend so ein geplatztes oder gewuchertes oder verstopftes

Irgendetwas da in seinem Körperinnenraum. Und wenn er schon nicht anders könne, als zu sterben, er, der Feuerwerker Fabian, dann wolle er so unnatürlich wie irgend möglich sterben. Beim Queren einer Straße von einem Ast getroffen, an einer erbrochenen Damenbinde ersticken, oder eben in einem Eiskasten langsam erfrieren. Er könne auch beim besten Willen keinen Grund finden, warum er, Schlicht, dem Doktor Schauer diesen letzten Wunsch nicht noch erfüllen sollt. Dass es geradezu seine Pflicht als kultivierter Mensch sei, dem Doktor Schauer zu dem gewünscht unnatürlichen Tode zu verhelfen. Dass die Ausführung seiner Anweisungen, dass die Aufführung dieses Totenrituals eine der größten Kulturleistungen überhaupt darstellen würde. »Franz, das ist eine Chance. Nicht nur für dich. Das ist eine Chance für uns alle«, spricht's aus ihm raus, während er mit einem der abgebrochenen Schillingraketenstiele in die Zahnspange reinstochert, die ihm die Mutter aufgezwungen. Außer Schlicht und dem Kanari hat Fabian nämlich auch noch eine Mutter, mit der er sich die Wohnung teilt, die ihn, wie in dem Fall der Zahnspange, gern mal bevormundet, die seinen Mund dieser metallenen Plage ausgesetzt, die ihm die unerträglichsten Kopfschmerzen beschert. Und weil's den Schlicht die längste Zeit schon reut, dem Fabian von der Sache mit dem Schauer überhaupt erzählt zu haben, weil er nach seiner Schicht mit einem Feierabendbier die Absonderlichkeiten dieses Tages nur runterspülen wollt, drum lenkt er nun, der Schlicht, dieses Gespräch auf ebenso ergiebiges Gefilde: »Macht's Mundwerk dir noch Schmerzen?« Woraufhin Fabian unter neuerlich heftigem Gekrame seine Rede nun über das dentale Dilemma fortführt. Dass er es seiner Mutter niemals wird verzeihen, dass sie ihn den Zahnärztinnen und Zahnärzten ausgeliefert habe, die, was doch für jeden offensichtlich, mit der Zahnpastalobby unter einer Decke stecken. Wie ein Berufsstand, der zu Beginn des vorigen Jahrhunderts noch auf Jahrmärkten zu praktizieren pflegte, heute um teures Geld auf Großwildjagden fahre, sei ihm doch mehr als wunderlich. Und während Fabian über Karies und Zahnprothesen lamentiert, versinkt Schlicht so in sich, wie er es nur hier drin im Laden kann, während verschwörungstheoretische Brandreden ein Feuerwerk nach dem anderen zünden, meint Schlicht irgendwo hinter den Verästelungen, hinter zündschnürenem Gewucher, das Funkeln eines roten Kanarienvogels zu sehen.

Süße Fäule, durchzogen von Wacholder, am Gang zum Keller hin. Metallen sitzt ein Würgen ihm im Hals, dem Schlicht, als er die Türe öffnet. Am Kellerboden vor dem Eiskasten ein Berg aus Rehragout. Darauf das Hirschgeweih. Von gammliger Erhabenheit. Er hätte früher kommen sollen. Hat über eine Woche zugewartet. Hat immer nur in seine Tasche reingefasst, während routinemäßig er die Runden in der Vorstadt drehte. Getastet nach dem Kältepol in seiner Tasche drin, wo er den Schlüssel hingelegt. Und konnte sie, die dumme Hand, das Tasten nach dem Schlüssel nicht mehr bleiben lassen. Wie eine Zunge nach dem losen Zahn, griff immer wieder sie, die dumme, dumme Hand, hinein in seine Hosentasche. Und hat der Saft, wo diese Packungen nicht dicht gehalten, sich aufgetaut herausergossen schon. Das gammlige Geschöpf in einem See aus Bratensaft. In seinem eignen Saft liegt es. Und watet er jetzt durch die Brühe auf den Kühlkasten dahinter zu. Mit jedem Schritt ziehen Wellen in der Lache wie Gänsehaut über den Boden. Als er ganz nah am Gammeltier, scheucht Fliegen auf, die diesen Raum durchsummen. Und in ihm drinnen ein Denken, das wächst wie Eiskristalle bei jedem Schritt, den er jetzt tut. Und öffnet er die Tür zum kalten Herzstück dieses Raums. Darin nur nichts. Kein kalter Schauer. Nur kalte Luft, die ihm entgegenstürzt.

Der lange Arm einer Behördlichkeit

Und hätt, hätt nicht hierher, hier in den Keller kommen sollen, er, der Schlicht. Und weiß es nicht, was ihn da hat getrieben, bestimmt nicht dieses bisschen Geld, das sich der Doktor Schauer angespart. Das könnt man andernorts sich leichter und auch sauberer verdienen. Und trotzdem steht er da im Keller drin, im fahlen Neonlicht, da im Verwesungsdunst des Rehragouts, aus irgendeinem Pflichtgefühl heraus. Und denkt in sich, als gäb es eine Pflicht den Toten gegenüber. Der Himmel ist so leer wie dieser Eisschrank da. Und während er noch da in diesen kalten Abgrund blickt und sucht nach diesem Ursprung von dem Pflichtgefühl, das alles erst ins Rollen hat gebracht, könnt man es leise, als würd ein winziges Skelett da über den Fliesenboden tanzen, könnt man es klackern hören. Ein knöcherner Tanz. Klick klickedi klack. Klick klackedi klick. Klickklick. Klackklack. Klick. Klack. Wie ein Würfel rollt übern Kellerboden klackernd jetzt ein Zahn, um dann da in der Bratenlache zu verebben. Erst jetzt schafft es der Schlicht, sich loszueisen von dem leeren Tiefkühlschrank, dreht um sich, sieht unter akkurat gezupften Augenbraun zwei leere blaue Augen. Und sacken weg, die blauen Augen mit dem Kopf. Und knicken sie, die Knie, jetzt ein. Der ganze Körper geht zu Boden, zieht ihren Kopf hinter sich her, der nun mit einem fleischig dumpfen Klang da auf den Boden knallt. Und liegt bewusstlos da, in ihrem weißen Kittel, sie, die Astrid.

Erst langsam kriecht ein Schmerz jetzt da in ihren Kopf. Und greift hinein, in ihre Hosentasche rein, sucht nach dem losen Zahn, doch nichts, die Tasche ist so zahnlos wie ein neugeborener Mund. Der muss ihr da im Keller, muss ihr der Zahn aus ihrer Hand gefallen sein. Da reißt sie auf die Augen. Und sieht, sieht ihn, den Schlicht, wie er in seiner Eismannuniform die Packung Tiefkühlerbsen ihr an ihre Schläfe presst. »Was machen Sie hier in der Wohnung drin von meinem Vater, warum lieg ich hier mit der Packung Erbsen auf der Couch? Wer sind Sie überhaupt?« Während der Schlicht nun ihr, der Tochter von dem Schauer, erzählt von all dem Rehragout, das er dem Vater zweiwöchentlich geliefert, weshalb ihm auch der Doktor Schauer diesen Schlüssel hat gegeben, damit, wenn er nicht da, dass immer dann ein Rehragout im Haus. Während er ihr nun von all den Tücken seines Tiefkühlkostvertreterlebens vorschwadroniert, da fällt ihr leerer Blick auf dieses Bild dort an der Wand, der Bettbank gegenüber. Darauf die Jagdszene, ein Hirsch umringt von einem Rudel Jagdhunde. Setzt noch zum Sprung an er, der Hirsch, da haben ihn schon drei der Jagdhunde gefasst. Und graben sich die spitzen, spitzbezahnten Schnauzen in das Fleisch des Wildtiers rein. Und bäumt sich auf der Hirsch, dort auf der Lichtung, das Maul zum Schrei weit aufgerissen. Und fängt das Bild diesen Moment der höchsten Qual, friert es auf ewig ein.

»Das mit dem Schlüssel, das können sie wem andren erzählen.« Der Blick von ihr noch immer festgefroren im Bild da an der Wand. »Ich kenn ja meinen Vater. Der gibt doch nicht den Schlüssel her an irgendeinen fahrenden Vertreter. Wenn Sie nicht augenblicklich mit der Wahrheit rausrücken, dann ruf ich jetzt die Polizei. Dann sollen es halt die Behörden klären, was hier im Trüben liegt.« Und knallt jetzt er, der

Schlicht, den Schlüssel auf den Tisch. Dass er sich hier in nichts hineinziehen lasse. Das seien Familienangelegenheiten, die familiär zu klären seien, familienintern. Er habe aus einer Schwäche nur heraus, aus irgendeinem Pflichtgefühl, habe er, der Schlicht, seine Hilfe dem Herrn Doktor angeboten. Doch das hier gehe doch zu weit. Behörden? Damit wolle er, auch im Entferntesten wolle er damit nichts zu tun haben, mit keiner Behörde in Berührung kommen. »So wird es einem dann gedankt, wenn man einmal sich hilfsbereit, die Hand, die helfende, ausstreckt, wer greift danach, der lange Arm einer Behördlichkeit.« Dass er die Wohnung nun verlassen, die Türe hinter sich zuziehen werde. Dann würde alles seiner Wege, gern auch — dann aber bitte ohne ihn — gern auch seine behördlichen Wege gehen. Er habe niemandem schaden … Und merkt in dem Moment, wie dieser Blick von ihr, der Astrid, sich löst vom Bild da an der Wand und zu ihm rüber, doch nicht da rein in das Gesicht, blickt knapp vorbei an ihm, und fällt da auf die Uniform, der Blick, dort auf die Brust, wo leider dieses Namensschild dranhängt. Und will noch seine Hand schützend vor es, das Schild, sich halten. »Herr Schlicht, Sie hören mir jetzt einmal zu. Solang ich meinen Vater nicht gesprochen und mich bei ihm höchstpersönlich vergewissern habe können, dass alles hier mit rechten Dingen zugeht, gehen Sie fürs Erste nirgends hin.« Und sinkt jetzt er, der Schlicht, auf diesen Polstersessel nieder, der Astrid gegenüber, atmet schwer wie so ein angeschossnes Tier. Hockt da im Sessel drin, in seinem Körper drinnen, lauert er. Und kann man hier nur mutmaßen, was sie, die Astrid, da in dem Moment abhält davon, die Einsatzkräfte einzuschalten, damit von offizieller Seite eine Suche nach ihrem abgängigen Vater dann in Gang gesetzt hätt werden können. Vielleicht aber, weil auch ihr lange Arme im

Allgemeinen und der lange Arm einer Justiz im Speziellen nicht geheuer sind.

Und wartet drum geduldig jetzt, bis Schlicht schön langsam wieder aufgetaut, bis er ihr von der Krankheit ihres Vaters dann erzählt, von seinem Krebs, von dem sie nichts gewusst, aber geahnt habe sie es schon. Dass er ihrem Vater, um einen kleinen Zuverdienst, geholfen habe, nur wobei genau, die Freilichtbeisetzung, das lässt der Schlicht, lässt er doch lieber erst mal aus. Dass er, der Doktor Schauer, verwirrt in letzter Zeit, ob ihr das aufgefallen sei, dass er nicht ganz bei sich war in den letzten Wochen. Dass man bei solchen Krankheiten, man kennt das ja, dass die Betroffenen, die werden wunderlich. Er habe eine Großtante gehabt, die sei zum wiederholten Male, sei die aus ihrem Heim getürmt. Einmal habe sie es bis ans Meer geschafft, wo man sie dann im Hafenviertel aufgeschnappt. »So aggressive Krankheiten, die wüten da in einem Körper drinnen, an den unterschiedlichsten Stellen, die schlagen sich schon gern auch mal aufs Hirn. Das darf einen nicht wundern, wenn die Betroffenen, wenn die dann wunderlich. Die Hitzewelle wird ihr Übriges dazu noch beigetragen haben, es kann ja kaum noch jemand einen klaren Gedanken fassen, wenn es weit über dreißig Grad. Und könnte sein, dass der Herr Vater, dass der verwirrt auch —— irgendwo da draußen ist. Müsst man ihn suchen halt. Wieder einfangen, also nach Hause bringen.« Und dass, ja mein Gott, dass er auch dabei helfen könne. Wenn sie nur diese Sache unterlasse, die Sache mit diesen Behördlichkeiten.

Der Zahn samt Mensch drum rum hat sie, die Tochter von dem Schauer, kaum interessiert. Nur losgelöst von ihm, dem ganzen Menschen, übten Zähne immer schon auf Astrid eine sogenannte magische Anziehung aus. Kann sein, dass das mit diesem Schneidezahn zusammenhängt, den sie sich beim Geräteturnen an der Reckstange hat aus dem Mund herausgeschlagen, als ihr der Turnlehrer hat hilfestellend zwischen ihre Beine reingefasst. Nur war halt damals eine Turnlehrerhand von göttlicher Autorität geschickt, dass selbst der als Beleg am Esstisch präsentierte, aus ihrem Mund herausgeschlagne Zahn, der noch ein bisschen Zahnfleisch an der Wurzel trug, blutrot da auf dem Taschentuch, selbst der wog nichts gegen die Unantastbarkeit der alles betastenden Lehrerhand. Das kann schon sein, dass sie das damals, als sie sich für die Ausbildung zur Zahntechnikerin entschieden habe, dass ihr der rausgeschlagene Zahn wieder in ihren Sinn gekommen sei. Und sitzt drum täglich nun acht Stunden bei der Frau Doktor Friedrich, da im ersten Stock, dort zwischen Lupen, Klemmen und Poliergeräten, im Kunststoffstaub, dort wo die Zahnprothesen in mühevoller Kleinstarbeit gefertigt werden, für all die leer gefaulten Münder, die von schmerzgeplagten Körpern in die Praxis, da im Erdgeschoss, getragen werden. Und jeder Zahn ein Unikat, das lebt erst in der Spannung, zwischen Ideal und kalkuliertem Fehler. Unecht wirkt der Zahn da in den Mündern der Patientinnen und Patienten erst, wenn er dort aus der Reihe tanzt. Weshalb der völlig makellose Zahn dort meistens nichts zu suchen hat. Ein blütenweißer Zahn ist fehl am Platz, da zwischen gelb verfärbten Stiften. Weshalb die hohe Kunst der Zahntechnik im rechten Maß der Mängel liegt. Der Verfärbungsgrad. Die leichte Krümmung. Die unscheinbare Abweichung von ihr, der Norm, dort findet sie, die Zahntechnikerin, die Astrid, findet dort zu sich. Nur dass ein jedes Meisterstück, ist es erst mal aus Edelstahl, aus Kunststoff und Keramik dann gefertigt, wird es schon in die Kieferknochen da im Erdgeschoss hineingeschraubt, nur um das Implantat, sobald die örtliche Betäubung nachgelassen, in die nächstbeste Stelze reinzugraben. Und jedes Stück verloren. An Astrids Arbeitsplatz ein Kunstwerk noch, losgelöst, in seiner Einzigartigkeit, in dem Detailreichtum. Und hinter den Patientinnenlippen, da im Patientinnenmund, am Eingang zum Patientinnenkörper, reingepasst, nur unscheinbarer Teil des Ganzen, die ganze Kunst getarnt. Und drum auch jedes Mal, wenn diese Assistentin von der Frau Doktor kommt, um die Zahnprothese hinunter dann zu tragen, hinunter da in die Behandlungsräumlichkeiten, auch jedes Mal ein bisschen örtliche Betäubung da bei ihr, der Astrid, drin. Da in ihr drin ist irgendwo ein Ort, der dann ganz taub geworden ist, schmerzhaft taub. Weshalb sie angefangen hat, erst nur besonders schöne Stücke, von ihnen einen Abguss sich zu nehmen, ein Duplikat, das noch mal schöner sie zu Hause ausgearbeitet. Trägt immer einen Zahn mit sich da in der Hosentasche, damit die Hand von ihr, wenn zittrig sie, Nervosität sie schüttelt, sie dann geschwind da in die Hosentasche schlüpft und schnell nach diesem Zahn dort greift, ihn mit den Fingerkuppen dann betastet, jede Rundung von dem Zahn befühlt, zur Ruhe kommt die Hand dort an dem Zahn in Astrids Hosentasche drin.

Der Herr Ingenieur

»Der Herr Ingenieur Huber, ein korrekter Mensch ist das«, sagt er, der Heinz. Und noch mal lauter jetzt, dass es da nichts gegeben habe, immer höchst korrekt sei der Herr Ingenieur gewesen. Doch weil der Schlicht ihn immer noch nicht recht verstanden hat, was an dem Brummen von dem Staubsauger nun liegt, hebt sich der Heinz, hebt seinen wohlig einge-rauschten Körper von dem Stuhl, schiebt ihn durchs grelle Neonlicht, das sie, die Tanja, hinter ihrer Theke von dem Wettcafé hat eingeschaltet, um diese beiden ewig letzten Gäste, den Leitner und den Heinz, nun endlich auch nach Haus zu treiben. Stapft jetzt entschlossen auf das Dröhnen und sie, die Putzkraft, zu, die ihn mit großen Augen grad beobachtet, wie er den Zigarettenstummel sich da in den Mundwinkel reinschiebt, das Taschenmesser aus der Hosen-tasche fängt, um damit dann die Stromversorgung von dem Staubsauger zu kappen. Blechern noch ein letztes Röcheln, dann endlich Totenstille. Bis Tanja, den Blick nicht von der Illustrierten abgewandt, die vor ihr auf dem Tresen liegt, nun die Stille bricht: »Hat das jetzt müssen sein?«, woraufhin sie, die Putzkraft, schweigend das kaputte Arbeitsinstrument weg-trägt, um sich in stiller Trauer dem stillen Örtchen noch zu widmen. »So!«, sagt er, der Heinz, »man wird sich wohl um fünf Uhr früh noch etwas angeregter unterhalten dürfen.« Und seinen Maurerkörper wieder an den Tisch hinwuch-tend, spricht es aus ihm heraus, dass er, der Huber, ein höchst intelligenter Mensch sei das. Ein Bastler. Worauf auch er, der Leitner, meint, dass es so Menschen gebe. Die das im Blut. Das sind die Tüftlergene. Er habe einen Schwippschwager, bei dem sei es das Nämliche. Sozial, schwieriger Fall. Doch was bei dem im Kopf sich abspiele, das könne unsereiner nur erahnen. Weil man so einen Menschen nicht zerlegen könnt. Das Gehäuse öffnen, um dann in ihn, den Menschen, reinzuschauen, wie da die Rädchen ineinandergreifen, das gehe leider nicht. Da würde er, der Leitner, durchaus gerne mal beim Schwager reinschauen, wie der da drinnen ticke. Und klopft er sich mit seiner Hand da an die Stirn. Und meint jetzt auch der Heinz, dass man drum bei dem Huber nie zur Gänze werde verstehen können, was den antreibe. Präzise wie ein Uhrwerk sei der Huber, doch im Ganzen so komplex, dass selbst noch der gewiefteste der Seelenuhrmacher ihn niemals ganz durchschauen könnt. Und Tanja, die noch immer in der Bunten blättert, wirft nun noch ein, dass es die Diskothek, so haben es die Leut gesagt, dass das die Diskothek gewesen sei, die ihn hat in den Wahnsinn reingetrieben. Anzeigen dutzendweise hätt er, der Huber, erstattet, weil nämlich direkt angrenzend zu Hubers Haus, das er von seiner Mutter sich ererbt, nachdem sie rausgestorben, dass direkt hinter seinem Grundstück eine Großraumdisko, das La Noche, aufgesperrt. Und bei der Anlage, da hat der Robby nicht gespart, da kenne sie, die Tanja, aus erster Hand die Zahlen. Wenn die auf vollen Touren lief, so gegen drei, dann haben bei dem Huber drüben, haben dann die Gläser drin in der Vitrine zu klirren angefangen. Sie, die Tanja, habe erst vor kurzem einen Fachbeitrag dazu gelesen, dass diese Musik, Technomusik, dass die entwickelt worden sei, um Menschen an den Rand ihres Verstandes hinzutreiben. Sie spreche da aus ihrer eigenen Erfahrung raus, die sie in ihren wilden Jahren hätt gesammelt. Dass man mit Rhythmen, Klängen und Substanzen einen Menschen brechen könne. Dass bei einem labilen Charakter wie dem Herrn Ingenieur eine derartige Dauerbeschallung durchaus seine Wirkung hätt getan, da sei die Tanja sicher sich. Nur dass jetzt plötzlich Heinz mit seiner Faust auf ihn, den Tisch, draufschlägt, dass kurz die Gläser sich abheben, für einen Augenblick da in der Luft über dem Tisch schweben und wieder klirrend landen dann, dass selbst die Tanja kurz den müden Blick aus ihrer Zeitschrift hebt. »Red nicht, wovon du keine Ahnung haben kannst!«

Und bringt der Schlicht sein Glas in Sicherheit, in dem noch ein Schluck schales Bier drin vor sich hin tümpelt. Da schweift sein Blick kurz ab auf einen Bildschirm an der Wand, auf dem die Boxen grade klackend sich geöffnet haben und so ein Rudel Windhunde herausgeschossen kommt. Und lässt der Hetztrieb ihnen keine andre Wahl, als diesem Köder, Kunsthasen, der täuschenden Attrappe nachzujagen. Und strecken sich die Hundekörper, Schaum vor den dichtbezahnten Mäulern, dass ihre Haut kaum mehr den Jagdinstinkt, der wütet da in ihren Muskeln, zu bedecken noch vermag. Und legen sich die Hundekörper in die Kurve, brauchen den Boden nur, um ihn zu streifen. Spring Mechanic vor Relevance, weit abgeschlagen als Dritter erst Stay Rich. Von irgendwo am anderen Ende dieses Erdballs werden die Bilder in Echtzeit hier ins Wettcafé, am Rand der mittelgroßen Stadt, dort an der Donau reingeworfen, wo in einer andren Echtzeit Schlicht den letzten Rest leblosen Biers da sich in seine Kehle reingießt jetzt. Besagter Ingenieur, von dem in Heinzens Rede grad die Rede war, ist nämlich die Person, die man am ehesten als Schauers Freund bezeichnen könnt. Die beiden unterhielten, soweit das Schauers Tochter überhaupt beurteilen könne, einen regen Briefverkehr. Man treffe sich auch mal, von Zeit zu Zeit. Das wäre doch etwas wo er, der Schlicht, beginnen könnt zu suchen. Es sei jedoch der Huber etwas eigen. Er lebe abgeschirmt von dieser sogenannten Außenwelt.

Das Haus, das festungsähnlich eingehegte, dort unter angegebener Adresse, verwehrt sich jeden Blicks, weder Türklingel noch Postkasten, nur ein kahles Tor. Und kann er drum, der Schlicht, rein gar nichts in Erfahrung bringen. Weshalb er erst mal weiterfährt, die Straße runter, um dort in dem Gewerbepark, da zwischen Autohäusern und Diskontern, in dieser Glücksspielschwemme, seine Ermittlung bezüglich Hubers Haus nun fortzuführen. Denn da unter den Stammgästen in einem solchen Wettcafé gibt's immer irgendwen, die oder der zu fortgeschrittner Stunde redselig dann wird, um einen mit brauchbaren wie unbrauchbaren Informationen zu versorgen dann.

Er, der Heinz, sei einer der wenigen Menschen, wenn nicht überhaupt der einzige, der schon bei ihm im Haus gewesen sei. Er habe auf einen Aushang hin, der bei der Kassa von dem Baumarkt gehangen, worauf geschrieben stand: »Suche tüchtigen Maurer. Bezahlung mehr als angemessen«, habe er sich bei dem Huber dann gemeldet. Ihm sei das auf den ersten Blick, sei ihm schon aufgefallen, dass das Haus vom Huber seltsam abweisend gewirkt habe. Was nicht nur an der Eternit-Fassade lag, die, gleich einem Thermopanzer die Häuser in der Gegend hier gern mal abschirmt gegen eine klimaunfreundliche Außenwelt. Bei genauerem Hinsehen habe man erkennen können, dass es sich um ein regelrechtes Abwehrsystem gehandelt habe. Sichtschutzzäune, Fenstergitter, Bewegungsmelder. Ansonsten fehlte es dem Haus jedoch an jeglichem Schmuck oder überflüssigem

Detail. Und wirft jetzt er, der Leitner ein, sich selbst aus der Versunkenheit herauswerfend, dass der halt Zeit gehabt hat. Er, der Herr Ingenieur, hat, seit das Druckgusswerk geschlossen und seine Angestellten allesamt in ihre Ungewissheiten dann entlassen habe, habe auch der Huber Zeit für allerhand Hausarbeiten wohl gehabt. Und niemanden an seiner Seite, ganz allein mit sich. Nur zu viel Zeit, sagt er, der Leitner. Dass der Mensch, für so viel Zeit sei der nicht recht geschaffen. Weshalb man dann anfange mit dem Totschlagen von ihr, der Zeit. Und dass halt dabei immer auch etwas in einem selber sterbe, sagt der Leitner dann, »das viele Zeittotschlagen bringt dich schleichend um«, spricht's aus ihm raus, um darauf wieder da in sich, in seinen Körper rein zu sinken. Und nickend setzt der Heinz nun fort, dass bei dem ersten Besuch bei dem Herrn Huber drüben er das Haus jedoch noch nicht betreten habe. Dass er gemeinsam mit dem Huber das Haus umrundet habe. Dass etwas an dem Huber ihn aber an einen Mönch erinnert und dass das nicht nur diese kahle Stelle an Hubers Hinterkopf gewesen sei. Das Haus umrundend, habe ihm diese mönchsähnliche Gestalt, die der Herr Ingenieur Huber gewesen sei, habe ihm erklärt, dass es um seine Fenster gehe. Dass er sich aus Sicherheitsgründen seiner Fenster entledigen wolle. Dass ihm das künstliche Licht ohnehin sympathischer sei als das natürliche, das vom Zentrum unseres Sonnensystems in sein Haus hineinfalle. Ganz zu schweigen vom Energieverlust, den ihm die Fenster vor allem in den Wintermonaten kosten würden. Heinz' berechtigten Einwand, wie er denn dann zu lüften gedenke, habe er damit abgewehrt, dass Frischluft sein Haus schon seit längerem nur mehr gefiltert betrete. Er, der Huber, hätte auch diese Arbeit selbst in Angriff noch genommen, wie so gut wie alles hier in Heimarbeit entstanden sei, wenn er bei der groben Bauarbeit nicht Sorge um die Feinmotorik seiner Finger haben müsse. Erst als die Fenster beinahe vollständig vermauert waren, knapp eine Woche später, das letzte Fenster habe noch einen Spalt von wenigen Ziegeln gelassen, habe ihn Huber von sich aus gebeten, das Haus zu betreten. Ihm, dem Heinz, schien es damals, als würde ihm eine seltene Ehre zuteil.

Er habe, als er sich umdrehte, um Hubers Kammer wieder zu verlassen, auch das ungewisse Gefühl gehabt, ihn hier in seiner Grabkammer zurückzulassen. In dem Moment habe jedoch er, der Huber, ihn noch einmal zurückgerufen, nur um ihn zu fragen, ob er schon einmal von der seltsamen japanischen Sitte gehört habe, angeln zu gehen ohne Haken. Dem japanischen Angler reiche es zu spüren, ob der Fisch angebissen hätte. Die Gewissheit, den Fisch durch seine ausgefeilte Angeltechnik überlistet gehabt zu haben, reiche dem japanischen Angler völlig aus, um zufrieden nach Hause zurückkehren zu können.

»So, ich mach jetzt Schluss«, sagt sie, die Tanja, und klatscht die Illustrierte in die Ecke von der Bar, dass selbst der Heinz kapiert, dass es für heute reicht und er die Zeche jetzt begleichen muss, dort an der Bar bei ihr. Und langt mit seinen langen Maurerarmen hinter sie, die Theke, hin, greift nach dem Bierblock dort, auf den er eine Nummer schmiert und steckt den abgerissnen Zettel Schlicht jetzt zu. Meint, dass man unter dieser Nummer eine Nachricht hinterlassen könne. Der Herr Ingenieur reagiere unverzüglich, wenn es erforderlich. »So, die letzte Runde geht aufs Haus, das heißt auf mich«, sagt sie, die Tanja, und gießt noch eine Runde Klaren ein, den man sich in die trüben Leiber gießt.

Als die vier, der Schlicht, die Tanja, Heinz und Leitner, auf den Parkplatz des Gewerbeparks in die vor etwa acht Minuten aus dem Zentrum des Sonnensystems in ihre Richtung aufgebrochenen Sonnenstrahlen treten und geblendet davon die Hände vor ihre Gesichter hin halten, da meint der Leitner, dass es ihm manchmal so vorkomme, als würden sie hier bei ihr, der Tanja, im Wettcafé drin, Abend für Abend auch ohne Haken angeln.

Und steht, steht da, von Angesicht zu Angesicht steht er, der Schlicht, dem Huber gegenüber jetzt. Steht wieder mal da an der Schwelle er, der Schlicht. Jetzt da an dieser Eingangstür zu Hubers Reich. Und denkt in sich, ein akkurater Mensch, der Ingenieur, vom Scheitel bis zur Sohle, zugeknöpft und zugeschnürt. Zuckt, als würd er einen anderen Satz verschlucken, zuckt kurz zusammen er, der Huber, bevor er fragt: »Was wollen Sie?«, weshalb Schlicht nun mit dieser wohldosierten Freundlichkeit des fahrenden Vertreters erklärt, dass er ihm eine Nachricht hinterlassen habe auf dem AB. Bezüglich des Herrn Doktor Schauer. Woraufhin nun der Ingenieur auf ein paar Filzpantoffeln dort an der Eingangstüre weist. Dann geht es tiefer rein ins Innere, da in die Eingeweide dieses Hauses. Und erst mal Dunkelheit, weil sich die Augen halt nur langsam an die Lichtverhältnisse gewöhnen. Schemenhaft die Einrichtung, die noch aus Zeiten von Hubers Mutter stammt. Im Wohnzimmer ein Streifen Licht, der durch die letzte Lücke fallend den Wohnraum scharf durchschneidet. Allerhand Tand, wie es ihn anspült über diese Spanne eines Lebens. Die Räume kaum bewohnt. Und tappt er jetzt, der Schlicht, tappt nachtblind hinterher, treppauf, dem Huber nach. Es wär für ihn, den Ingenieur, von äußerstem Interesse, wie jemand, wie der Schlicht, ihn ausfindig hat machen können, da er doch einiges an Anstrengung hat investiert, um seine privaten Daten nicht für jeden oder jede einsichtig zu machen. Dass eine gewisse Unverfügbarkeit ein hohes Gut sei, in Zeiten, in denen man sich seiner Informationsnacktheit, wie er es nenne, nicht mehr schäme. Ja, dass die Leute geradezu geiferten danach, alles, was man über sie auch nur im Entferntesten wissen könnte, von Essgewohnheiten bis Ovulationszyklen, öffentlich verfügbar auch zu machen. Ja, dass ihm dieser exhibitionistische Exzess gänzlich unerklärlich sei und er für seinen Teil penibelst darauf achte, seine Spuren in der sogenannten Öffentlichkeit, dort wo sie unvermeidbar sind, zumindest so gut wie möglich zu verwischen. Ja, dass die Unverfügbarkeit in einer Zeit der grenzenlosen Transparenz das Privileg schlechthin darstelle. Es sei für ihn, den Huber, die Entscheidung, eine Schattenexistenz zu führen, eine reine Frage der Intelligenz. Ja, dass der Rückzug aus der sogenannten Außenwelt heutzutage wider alle Freiheitsversprechen einer vernetzten Welt, dass dieser Rückzug der eigentliche Akt der Freiheit sei. Es habe ihn zwar einiges an Kraftaufwand gekostet, auch noch die letzten Verbindungen zu kappen, sich unsichtbar zu machen, er fühle sich aber hier in seinem Refugium einigermaßen autonom und gegen jegliche Eventualitäten abgeschirmt. Dass ihn nun jemand auf einen höchst diskreten Briefkontakt zu jemandem wie Doktor Schauer, einer Person von allerhöchster Vertrauenswürdigkeit, anspreche, das hätte bei ihm durchaus ein Interesse dafür geweckt, wer das denn sei, der ihm da auf den Anrufbeantworter gesprochen. »Erklären Sie sich!«, krächzt er nun, der Huber, angekommen dort in der Kammer unterm Dach, wo er sich auf den abgewetzten Schreibtischsessel sinken lässt, vor dem sich dieser Schreibtisch nur mehr vage erahnen lässt. Dort unter Landkarten, Notizbüchern, Taschenrechnern und Funkgeräten muss irgendwo ein Tisch verschüttgegangen sein, wie dieser ganze Raum verschüttgegangen ist, unter der Fülle all der Dinge. Faxgeräte, Kabeltrommeln, Taschenlampen, Gaskartuschen, Zeitungsstapel, Monitore. Chaos mit System, in dessen Zentrum aufgeräumt der Ingenieur, die Hand an einem schwarzen Lederetui, da an dem Gürtel dran von ihm. »Geschäftliches«, dann erst mal eine Pause, in der die beiden sich taxieren. Geschäftliches verbinde ihn mit Doktor Schauer. Es binde ihn, den Schlicht, ein, wenn auch mündlicher, so doch verbindlicher Vertrag an ihn, den Doktor Schauer, der seit kurzem gänzlich unverfügbar sei, ja, dass der Doktor Schauer von einem auf den andern Tag, wie man so sagt, verschwunden, unauffindbar gewesen sei. Und bei allem Respekt für Privatsphäre zwinge ihn dieses Versprechen, dass er dem Doktor Schauer persönlich gegeben, ihn nun auch ausfindig zu machen. Schauers Tochter sei es gewesen, die ihn auf Huber habe verwiesen. Sie sei verständlicherweise besorgt um ihren verschollenen Vater. Und so hoffe er nun, von dem Herrn Ingenieur etwas darüber zu erfahren, wo man den Schauer finden könne.

Und atmet Schlicht nun wieder auf, weil er, der Huber, die Hand von seinem Ledertäschchen da am Gürtel gleiten lässt. Er habe die größte Bewunderung dafür, wenn man für seine Worte einstehe. Dass das, die Tatsache, dass unsere Worte Konsequenzen tragen, das Letzte sei, was uns von absoluter Barbarei noch trenne. Ja, dass der Fakt, dass wir es schaffen, unseren Worten ein Gewicht auch zu verleihen, es schaffen, an ein gesprochenes Wort, das objektiv betrachtet weniger als nichts, ein paar hingehauchte Laute durch unsren Mund da in die Welt hinausgespuckt, dass wir es schaffen, diesen flüchtig feuchten Wortfetzen eine Verbindlichkeit dann zu verleihen, die mehr wiegt als all die Körper, die sie je gesprochen, das ist doch das eigentliche Wunder dieser menschlichen Existenz. Nur wenn wie heute den Worten nur mehr die absolute Bedeutungslosigkeit zukomme, wenn das, was sich da in quälend langem Strom aus all den Mündern in die Welt rausfurze, sich kaum mehr unterscheide von unsren anderen Ausscheidungsströmen, wenn es wie Scheiße aus den dauerquasselnden Mündern quillt, dass ein Gestank sich überall verbreite, der es nur mehr schaffe, etwas über den inneren Fäulnisgrad all der inhaltslosen, leer gemoderten Körper zu erzählen, wären wir alle besser dran, könnt man da an der Sprachgülle ersticken, damit dann endlich wieder Stille herrsche.

Der Huber, durch das Gesagte hochrot, hat währenddessen sich aus seinem Sessel da erhoben, gestützt mit beiden Fäusten auf den Tisch, dass diese Heftigkeit der Rede sich überträgt und durch die Arme und die Fäuste auf die Tischplatte, dass all die Gegenstände von einem Beben nun erfasst, bis schließlich diese Aufnahme von Hermann Buhl, dem Nanga-Parbat-Erstbesteiger, dessen frostbeuliges Gesicht sich Huber hat gerahmt und dort, wo andere am Arbeitsplatz die Kinderfotos, aufgestellt, bis Hermann Buhl aufs Neue abgestürzt, klirrend da von Hubers Schreibtisch runter. »Sie entschuldigen meine Erregung. Aber nehmen Sie es als Beleg dafür, dass ich einem versprochnen Wort höchste Wertschätzung beimesse.«

Es sei durchaus nichts Ungewöhnliches, dass er auf seinen letzten Brief, den er dem Doktor Schauer hat geschrieben, noch immer keine Antwort hat bekommen, das sei zwar nun schon seine sechzehn Tage her. Aber wie er, der Schlicht, vielleicht erahne, habe Huber es auf den Zustand geschoben, in dem sein Briefkontakt sich leider zurzeit befinde. Er könne ihm also, wenn es um seinen Verbleib gehe, auch wenn er wollte, keine Auskunft geben. Es gebe allerdings eine gemeinsame Freundin, Frau Doktor Bitter, die nicht wie er der Außenwelt den Rücken zugekehrt. Sie, die Anästhesistin, habe den Schauer auch in palliativen Fragen beraten. Schmerztherapie sei eines ihrer Fachgebiete. Sie hätte, was das anlangt, einiges an Erfahrung gemeinsam mit ihrem Gatten sammeln können. Die Frau Doktor Bitter sei vielleicht die Einzige, die ihm, dem Schlicht, jetzt weiterhelfen könne. Er habe wie gesagt den allergrößten Respekt vor jemandem, der wie er, der Schlicht, zu seinem Wort stehe, hoffe nur, dass er auch wisse, worauf er sich da einlasse, aber er, der Schlicht, kenne ja den Doktor Schauer und damit wohl auch die Kreise, in denen er sich nun einmal bewege. Schlicht, den seit Hubers Wutausbruch nur mehr die Frage innerlich beschäftigte, wie er es schaffe, dieses Haus lebend auch wieder zu verlassen, vergeudet keinerlei Gedanken daran, was das denn nun für Kreise um den Schauer drum herum. Erst als Huber ihn wieder die Treppe hinunterführt, in Richtung Ausgang, traut Schlicht sich doch zu fragen: »Wozu das alles?«, und deutet auf die Fenster, diese zugemauerten.

Huber, der auf der Treppe stehen geblieben, den Blick nur starr geradeaus, meint nun, dass er lesen könne, dass er sehr wohl die Zeichen der Zeit lesen könne. Dass der europäische Bürgerkrieg nicht eine Frage der Zeit wäre, sondern dass er schon längst im Gange sei. Dass man nur die Augen aufmachen müsse, um das zu sehen. Und hätte man das mal wie er, der Huber, eingesehen, dann bliebe einem nur mehr das Handeln über. Dann müsse man Vorkehrungen treffen, unumgängliche Vorkehrungen. Denn das Schlimmste sei nicht der Ernstfall, das Schlimmste sei, im Ernstfall unvorbereitet zu sein. Dass in einer Zeit, in der einen kirchliche, rechtliche und staatliche Institutionen im Stich lassen würden, einem doch die moderne Technik die Mittel zur Hand reichen würde, sich auch als einzelner, wenn auch nicht sonderlich wehrfähiger Mensch, sich doch eine gewisse Sicherheit gegenüber den Gefahren einer unüberblickbar gewordenen Gegenwart zu verschaffen.

Und da, schon an der Eingangstüre wieder, zurück am Tor zur Welt, hört er den Huber sagen noch, dass es in Japan Mönche gebe, buddhistische Mönche, die, wenn erst die Zeit gekommen, also wenn sie spüren, dass ihnen der Tod gefährlich nahe rückt. Dass diese Mönche dann beginnen würden, noch zu Lebzeiten sich selbst zu mumifizieren. Hätte er, der Mönch, erst mal diese Todesnähe erspürt, beginne er zu fasten, tausend Tage lang nur fasten und meditieren. Beeren, Nüsse. Mehr nicht. Und stundenlanges, quälend langes Meditieren. Kalte Bäder. Um dann, nach tausend Tagen, das Essen dann ganz wegzulassen. Endgültig, sagt er, der Herr Ingenieur. Die nächsten tausend Tage nehme dann der Mönch nur Rinde seltner Nadelhölzer mehr zu sich. Rinde, in der sich Stoffe drin befänden, die ihn, den Mönch, entwässerten. Stoffe, die den Mönchsleib dann durchsetzen würden, die da in jede Faser von dem Mönchsleib einsickern würden, während sein Geist in immer tiefere Trance fallen würde. Gegen Ende dieser zweiten tausend Tage spüre dann der Mönch, dass es Zeit, Zeit für den Lackbaumtee sei. »Der Tee, der aus dem Saft des Urushibaums bereitet wird, den man gewöhnlich zum Lackieren hölzerner Schüsseln nimmt, dieser Tee löst nun Brechreiz aus, Schwitzen, Harndrang, als würde man verdorren, innerlich vertrocknen. Eine weite Wüste ist der Mönch im Innren jetzt. Um sich nun für die letzten tausend Tage in seine Gruft hineinmauern zu lassen.« Eine Gruft, die grade mal so groß, dass er, der Mönch, mit seinem Leib, sie völlig ausfülle. Hier sitze er nun, der Mönch, in absoluter Finsternis, die er nicht fürchten müsse, weil er ein

Licht da in sich drin. »Ein Loch zum Atmen da vor sich und eine Schnur mit einer Glocke dran, an der er jeden Morgen einmal zieht. Damit die andren Mönche bei dem Läuten wissen, dass er immer noch am Leben. Erst wenn die Glocke dann verstummt. Wenn er sich ganz in sich zurückgezogen, bei lebendigem Leibe balsamiert. Wenn er nicht mehr da an der Schnur gezogen. Dann legen sie, die andren Mönche, den letzten Stein da in das Loch, durch das er bis vor kurzem seine Luft geatmet.« Und öffnet ihm die Tür, dem Schlicht, durch die er raus ins Freie schlüpft. Dann steht er wieder draußen, da auf der Straße draußen vor dem Haus, vor diesem hermetisch eingemauerten, und muss sich erst einmal gewöhnen an die Hitze und das Licht und all die andren Dinge, an denen es Hubers Parallelwelt, diesem finstren Universum, mangelt.

Die Leichenschau

Und flackert, flackert surrend, es, das Neon, und flackern mit
ihm mit die glatten Oberflächen, der Edelstahl und auch
der vollverflieste Innenraum. Und surrt, die Neonleuchte,
surrt spannungsgeladen sie bei jedem Flackern. Und all die
Rohre, die Wasserhähne und die Becken, die Armaturen und
die Instrumente, die Waage und die Rollwagen, alles flackert
mit im Rhythmus von dem Surren. Und mischt sich unter
diesen Rhythmus jetzt, erst leise von weit, weit her, gemächlich der Klang von Crocs, die durch die endlos langen Lino-
leumflure schlapfen, da knarzen sie, die Gummipantoffeln,
die dem Tulp seine sind. Und klingt fast so, als würd er über
Teppiche aus Kaugummi grad schreiten. Es hat sein Gang
als Ganzes etwas Gummiartiges, als wäre dieser Kunststoff
da an seinen Füßen eingesickert in sein Wesen und er als
Ganzes auch von linoleumartiger Konsistenz. Und ist der
Vorteil einer solchen Gummiexistenz, dass man geräuschlos
einsteckt, woran andere zerbrechen. Und schlurft vorbei jetzt
an den Kühlfächern, den großen und den kleinen. Die gut
verschlossen, damit dem Kühlgut nicht zu warm, weil die
Zerfallsprozesse schneller sonst vonstattengehen. Solang die
Temperatur jedoch so niedrig bleibt, schlurft auch das Leben
da in all dem Kühlgut nur langsam vor sich hin. Und stellt
sich das Verderben so verzögert ein, gedehnt wie sie, die Zeit,
erscheint es aus der Sicht des hier zu Konservierenden. Als
wär die Zeit ein Kaugummi, den man mit seinen Fingern in

die Länge zieht. Der sich auf ewig dehnen lässt, Fäden zieht, nicht abzureißen scheint. So weit zumindest das Versprechen jeder Konservierung. Und lässt der Tulp den Kaugummi in seinem Mund kurz knallen, dass es, das Knallen, sich nun durch den Hall gedehnt da in die Gänge streckt. Und diese beiden, die hinter ihm herschlurfen, Schauers Tochter und der Schlicht, kurz vor Schreck zusammenzucken. Da stellt es ihm, dem Schlicht, die Nackenhaare auf, weil ihm die längste Zeit schon fröstelt hier. Kommt man wie er von draußen, aus diesem fast schon subtropischen Klima, von dieser feuchten Schwüle hier herunter in den kühlen Keller, fühlt es sich an, als wär man einer Sauna, so einer finnischen, entstiegen. Und kam es Schlicht so vor, als würd sein Körper dampfen noch. Doch nun klebt ihm das Hemd am Rücken schon, klatschnass vom kalten Kondensat, klebt schweißgetränkt an ihm. Und auch sie, die Astrid, wirkt etwas zittrig nun, was wohl dem Fakt geschuldet, dass sie womöglich bald der Leiche ihres Vaters gegenübertreten soll.

Es hat nämlich der Fabian dem Schlicht in dem Ermittlungsfall, der keiner ist, das wisse er sehr wohl, hat ihm zu dem Kontakt zum Tulp verholfen. Und könne er ihm ja vielleicht da aus der Patsche helfen. Er, der Fabian, habe nämlich, als er das letzte Mal ihm von der Suche nach dem Schauer erzählt, als er da bei ihm drin im Feuerwerksladen von dieser unheilbaren Krankheit von dem Schauer berichtet, habe er an den Tulp denken müssen, den er, der Fabian, bei einer Vogelzüchterschau flüchtig kennengelernt. Der Tulp teile wie er so eine Vorliebe für unsere gefiederten Gefährten. Und weil der Fabian nicht nur auf dem Gebiet der Ornithophilie gewisse Schwingungen verspürte, was ihn, den Tulp, anlangt, drum habe man, das heißt jetzt Fabian und er, der Tulp, habe man sich nach der Vogelschau noch ein-, zweimal getroffen. Um sich zu vergewissern, ob man auch wirklich auf derselben Wellenlänge oder ob sich das mit den Wellen, ob sich das nur auf Wellensittiche beschränke. Die Sache mit dem Schauer habe ihn daran erinnert, dass er, der Tulp, im Leichenschauhaus seine Dienste tue, genauer gesagt, da in dem Zentrum für Gerichtsmedizin. Und sollte er, der Doktor Schauer, nicht mehr unter uns Lebenden verweilen, sollte er auf unnatürliche Weise seinen Tod gefunden haben, so wäre er, der Tulp, wär wohl der Erste, der davon etwas mitbekommen hätte, weil er doch all die ungeklärten Toten, die Namenlosen und die, die man schon ihren Namen wieder zugeordnet, alle landen sie dann da bei ihm, in diesem Keller, wo in den Kühlfächern die Toten auf ihre Obduktionen warten, warten drauf, dass man ihnen die Todesursache ergründet, um sie dann erst in ihre Totenruhe wieder zu entlassen.

Und wirft drum auch der Schlicht jetzt einen aufmunternden Blick der Astrid zu, während sie dem Tulp dicht folgen, tiefer rein in diese Totenstadt, dort wo die Leichen liegen, deren Identität man noch nicht ausfindig gemacht.

»Körperspenden«, spricht's schlurfend jetzt aus ihm, dem Tulp, dass manche, die hier liegen, Körperspender seien. Habe er die Toten, die zu Lebzeiten den Körper, ihren, der Wissenschaft gespendet, mal freigegeben, weil da an ihnen ihm nichts ungeklärt geblieben, würden sie, die Leichen, an die Anatomie dann überstellt. Das Körperspenden habe große Tradition in Wien. Die Leute würden einen Nutzen haben wollen, auch dann, wenn sie schon längst das Zeitliche gesegnet, auch als Leichnam würden sie noch einen Wert an der Gesellschaft haben wollen. Und spiele natürlich auch das Ehrengrab, da am Zentralfriedhof, das man durch diese Spende sich ergattern könne, spiele auch keine geringe Rolle. Ja, dass man gar nicht nachkomme, all die Leichenpräparate zu Studienzwecken zu zerlegen. Weshalb man angefangen habe, erst im kleinen Rahmen, angefangen habe, Reisen zu veranstalten. Reisen von Studierenden aus Ländern, die einen Mangel an Präparaten, die oft auch religionsbedingt eine Körperspendenknappheit aufweisen würden. Weil es in anderen Kulturkreisen durchaus noch eine Hemmschwelle gebe, was das Zerlegen einer Leiche zu Forschungszwecken anlange. Dort gelte unsereiner schnell noch als ein Leichenfledderer. Weshalb die angehenden Ärztinnen und Ärzte sich auf die Reise zu uns machen müssten, um sich da an dem Überschuss der Wissenschaftsleichen hierzulande dann zu erfreuen. Und pilgern so jährlich Tausende hierher, um sich an unseren Fresh-Frozen-Leichen zu probieren, um da an ihnen Eingriffe zu üben, Implantationen und Amputationen an den Versuchsleichnamen durchzuführen. Man sitze hier im positivsten Sinne, den man sich vorstellen könne, auf Bergen aus Leichen. Leichen, die einen lebendigen Wissensschatz bergen würden, den die Anatomie immer wieder heben würde. Und dass sie beide sich auch überlegen sollten, lieber heute noch als morgen, was mit ihren Körpern mal geschehen solle, wenn erst der Geist sich da aus ihnen entflüchtigt habe, ob sie nicht auch ihn dann, den Körper, spenden wollen oder ob sich nur die Würmer ihr anatomisches Wissen an ihnen bereichern dürften. Er, der Tulp, empfehle jedermann und -frau, sich das beizeiten schon zu überlegen, weil man doch nie sich sicher sein könne, wann's einen oder eine treffe.

Und räuspert sich der Schlicht ganz kurz, um ihm, dem Tulp, so anzudeuten, dass er ein bisschen Rücksicht auf die Nerven von der Astrid nehmen solle. Doch drinnen da im Schlicht denkt's jetzt, da hat er recht, der Fabian, wenn einer in dem Berg aus Leichen dem Schauer seine finden kann, dann wohl der Tulp. Und während dieser seine Unterschrift da in die Liste an der Türe schwungvoll nun einträgt, man möcht fast sagen mit gummiweicher Hand hinsetzt, meint Schlicht, dass er ihm schon am Telefon grob ihre Situation geschildert habe. Es gehe in dem Fall, jetzt spricht er auch schon wie der Fabian von einem Fall, denkt er, es gehe in dem Fall um Astrids Vater, der seit geraumer Zeit verschwunden sei. Es bestünde berechtigter Grund zur Sorge um das Wohl von ihm, da in ihm drinnen eine Krankheit auch schon fortgeschritten sei, ja, dass er ein hoffnungsloser Fall, wie man so sagt. Und meint nun sie, die Astrid, dass sie, nachdem sie schon zwei Wochen kein Lebenszeichen mehr von ihrem Vater, sich nun die allergrößten Sorgen mache. Man wolle sich in einer solchen Lage nicht das erdenklich Schlimmste ausmalen, aber sie könne nun nicht mehr umhin, sich doch zu fragen, ob ihm nicht etwas Ernstes zugestoßen sei. Noch schlimmer aber als die traurige Gewissheit, ihn nicht mehr unter den Lebenden zu wissen, wäre die Ungewissheit, was denn überhaupt mit ihm passiert wäre. Weshalb sie nun, die beiden, bei dem Tulp in der Forensischen stehen würden, um den Leichnam von dem Doktor Schauer, sollt er hier drin gestrandet sein, zu identifizieren. So tragisch es auch wäre, so hätte sie zumindest die Gelegenheit, sich dann von dem, was übrig ist von ihm, noch zu verabschieden. Und seien sie drum doppelt dankbar, dass er ihnen ganz unbürokratisch in dieser Causa hier entgegenkomme. Der Tulp geht an der Wand entlang, ein Klemmbrett unterm Arm, auf das er immer wieder einen Blick wirft, und dann die Zahl da an der Klapptür prüft. Er sei normal ja nicht für einen derart inoffiziellen Weg zu haben, doch unter Vogelfreunden wie dem Fabian sei das was anderes. Tatsächlich gebe es einen Unaufgeklärten diese Woche, der auf ihre Beschreibung passen könnt. Und zieht jetzt da am Türgriff, dass klackend sich die Tür zur Kühlkammer dann öffnet. Prüft noch einmal die Liste, vergleicht sie mit dem Zettelchen, das unten an dem Leichenfuß befestigt, weil jeder Leichnam so ein Kärtchen da am Fuß mit einer Nummer drauf. Und kriegen sie, die Neugeborenen, ein solches Kärtchen da am Arm, während hier im Keller drunten das Kärtchen an den Fuß gerutscht. Und reißt mit einem Ruck die Bahre aus dem Kühlfach raus, auf der die Leiche unter einem weißen Tuch. Und fällt der Schatten von dem Tulp, umbra mortis, fällt flackernd da im Rhythmus dieser Neonleuchte auf das weiße Tuch. Ob ihr, der Astrid, Merkmale an ihm, dem Vater, einfallen würden, durch die man ihn dann zweifelsfrei wiedererkennen könnt. Wenn wie in diesem Fall eine Identifizierung des Verstorbenen erschwert sei, weil durch den Freitod da im Donauwasser das Äußere etwas entstellt, dann müsst man sich Gedanken machen, müsst man sich da, woran man ihn erkennen könnt. Und wenn die Anhaltspunkte, die Merkmale auch noch so unscheinbar, so könnten sie doch helfen, Klarheit dann zu schaffen. Und während Tulp ihr einen Augenblick noch schenkt, sich auf den Anblick seelisch einzustellen, während seine Hand schon da am Leichentuch, während die Neonröhre weiter stottert, und Astrid schwerer atmet, da sucht die Hand von ihr, sucht nicht wie sonst den Zahn drin in der Tasche, um sich dran zu beruhigen, nein, die zitternd kalte Hand sucht unter dieser Bahre, da im Schatten, dort wo man sie nicht sieht, sucht sie die kalte, kalte Hand, sucht da die Hand von ihm, dem Schlicht, und haben sich die beiden Hände da gefunden, halten sich aneinander fest. Und obwohl noch immer kalt die Luft da aus dem Kühlfach strömt, obwohl der Tulp das weiße Tuch nun lüftet und da den Blick freigibt, wird es da zwischen diesen beiden Händen wärmer jetzt. Und beugt sich Astrid unerschrocken über das, was übrig ist von dem Gesicht: »Er ist es nicht.« Woran sie das so schnell erkenne, na da, an diesem Zahn. Sie kenne das Gebiss von ihrem Vater sehr genau, weil sie vor einem Jahr erst ihm hat einen Zahn ersetzt. Und Schlicht, der nun nicht ganz mehr bei der Sache, denkt da in sich, dass dieser Leichnam, wer immer es auch war, Körperspender oder nicht, dass der auch einen Nutzen noch an der Gesellschaft, dass der verbindend hat gewirkt, und sei es nur, dass sich die beiden Hände, der Astrid ihre und die seine, dass sich die beiden Hände da in seinem Schatten drin gefunden haben. Und schüttelt kurz den Kopf, weil der Gedanke doch etwas makaber. Weshalb nun auch der Tulp etwas enttäuscht, weil es ihm einiges an Arbeit hätt erspart, wenn diese Leiche ohne sein Zutun schon identifiziert nun worden wär. So muss er selber sich dranmachen, den kleinsten Spuren an diesen Überresten, den sterblichen, dann nachzugehen, den Stellungen der Zähne, den Haar- und Augenfarben, den Rückständen da unter diesen Fingernägeln, den Magen- und den Darminhalten, um daraus eine Hypothese abzuleiten, um wen es sich bei dieser Wasserleiche handeln könnt. Und plaudert er, der Tulp, plaudert etwas aus, was er nicht sollt, weil gerade in derlei offenen Ermittlungsfällen muss jede Information gut bewacht doch werden, weshalb oft der Ermittler in diesen Kriminalfilmen so wortkarg ist, damit kein Sterbenswort zu viel über die Lippen. Und wenn er dann doch mal den Mund aufbringt, muss jedes Wort dann sitzen, wie ein Schuss aus dem Revolver. Nur an ein solches Sprechverbot ist sich halt schwer zu halten dran, wenn da in dieser Einsamkeit einer Gerichtsmedizin man doch einmal Besuch bekommt von jemandem, der noch ein Leben vor sich hat, noch Leben in sich trägt. Weil es halt guttut auch, von Zeit zu Zeit, mit Lebenden zu reden, als nur da mit den Toten, darum erzählt er Astrid und dem Schlicht nun auch ausführlich von diesem Fall, der sich um die beschaute Leiche spinnt. Dass es ihm ausgesprochen seltsam, um nicht zu sagen merkwürdig erscheine, dass sich Selbsttötungsfälle wie der diese, unaufgeklärte Suizide, in letzter Zeit bei ihm so häufen. Selbstmorde, bei denen es sich kaum mehr eruieren ließe, wer das denn überhaupt gewesen sei, die oder der sich da das Leben hätt genommen. Ja, dass an all den Suiziden sich immer wieder ein Detail auch finde, das nicht reinpasse in den Rahmen. Und suche er, der Tulp, gerade diese scheinbar unscheinbare Abweichung, um sie dann aufzulesen, um jedes Detail in eine größere Form zu fügen, um daraus dann den möglichen Tathergang abzuleiten. Fakt sei, dass diese Wasserleiche im Donaustrom ertrunken sei, das zeige auch der Abgleich von dem Wasser aus der Lunge mit Proben aus dem Fluss, das gleiche Wasser. Und komme ja nicht selten vor, dass einer oder eine, wenn sie nicht weiterwissen mehr im Leben, dass sie dann da ins Donauwasser gehen. Und wurd so manche Wasserleiche schon am Alberner Hafen dann wieder angeschwemmt, die keinen Namen und keine Hinterbliebenen, weshalb man ihnen dort dann auch den Friedhof der Namenlosen hat errichtet. Dort liegen sie, die Donauleichen, in ihren Gräbern mit den Kreuzen ohne Namen drauf. Aber bei dieser Leiche hier, da sei die Lage etwas komplizierter. Er, der Tulp, habe auch weder Namen noch irgendeinen Hinweis auf die Identität des Verstorbenen. Kleidung und Schuhe habe man da auf der Nordbrücke gefunden, die Leiche aber den Fluss stromaufwärts, als habe er, der Fluss, kurz die Fließrichtung vergessen. Passanten, die ihn ins Wasser stürzen sahen, hätten sofort die Wasserwacht verständigt, die stundenlang vergeblich stromabwärts suchte. Nur um am nächsten Morgen dann durch einen Zufallsfund eines Morgensportlers auf den Leichnam ein Stück stromaufwärts dann zu stoßen. Man könne sich bis jetzt noch nicht erklären, wie der Leichnam dort hingekommen sei. Die Leiche weise zumindest keinerlei Spuren einer Fremdeinwirkung auf. So lasse die Faktenlage bis jetzt nur Mutmaßungen zu, wie sich die Leiche gegen die Fließrichtung bewegen konnte. In diesem Augenblick würden die Kolleginnen und Kollegen des Landeskriminalamts, Organe unsres Wachkörpers, kistenweise bunt gefärbte Pingpongbälle da von der Nordbrücke hinunter in die Donau kippen. Um sich ein Bild der Strömungslage dann zu machen und so vielleicht versteckte Strömungen, Kehrwasser, Strudel zu entdecken, durch die der Leichnam wider alle strömungslogische Erwartung dann flussaufwärts hätte treiben können.

Und dies sei nur der letzte in einer längeren Serie an ungeklärten Selbstmorden. Ja, dass ihn manchmal das Gefühl beschleiche, dass irgendwas da draußen die Leute Lemmingen gleich da in den Freitod treibe, dass etwas sie selbstmorde. Und wirft nun Astrid ein, dass das nicht stimme mit den Lemmingen, das habe sie gelesen wo, dass diese Theorie des Massenselbstmords aufgrund eines Populationsüberdrucks unter den Lemmingen, das sei bloß eine Mär, die sich jedoch hartnäckig halte. Ja, dass selbst Disney dieses Märchen aufgegriffen und in den 50ern in einer Tierdoku verfilmt habe, die kleinen Nager, die dann jedoch nicht ganz so lebensmüde, wie man sich's vorgestellt, habe man kamerawirksam dann über die Klippen geschubst, damit sie in das Bild vom suizidalen Fellknäuel passen. Und meint nun Tulp, dass das wohl eine nette Geschichte, dass er hier unten aber nichts versuche in ein Bild zu pressen, Mythenbebilderung liege ihm mehr als fern, er mache sich kein Bild, sondern versuche die Bilder nur zu sehen, die sich ihm an den Toten zeigen, diese versuche er so vorurteilsfrei wie möglich zu sehen. »Was nicht so einfach ist, weil wir gefangen sind in unsrer Einbildung.« Und habe er manchmal, der Tulp, habe das Gefühl, wenn er hier stehe mit dem Skalpell in seiner Hand, die Toten zu sezieren, dass er fast wie ein Cutter, da im Schneideraum, die Bilder, diese vorgefertigten, dass er die Bilder unsrer Vorstellung von dem Verbrechen, dass er die Bilder schneide, immer wieder zerschneide er die Bilder, um sie dann neu zusammenzusetzen, das Bild von einer Einschusswunde und das Bild von einem Hämatom und das Bild von einem stumpfen Trauma und das Bild von Lungenflügeln voller Salzwasser und das Bild von Köpfen ohne Körper und das Bild von Körpern ohne Köpfe und das Bild von den Lebenden und den Toten, und hätte man das erst einmal verstanden, dass es hier ums Zerschneiden und das Neuzusammensetzen gehe, dass es gerade um diese Nahtstellen gehe, die Bruchlinien, denen man hier folge, dass man die Körper immer wieder wie einen Film schneide und neu zusammensetze, dass man hier nicht nur Körper, sondern Körperbilder auch zerlege, dann würde man einsehen, dass da unter ihm, diesem Gesellschaftskörper, dem lebendigen, dem immer wieder sich erneuernden, ein zweiter Gesellschaftskorpus liege, der nicht lebendig, der in stetigem Zerfall, der gammelt vor sich hin, und unter seiner Haut, da tummeln sich die Maden, an diesem Bild von einem zweiten Körper, einem toten Körper der Gesellschaft, an diesem Bild arbeite er hier. Und fällt sein Schatten, fällt weiter flackernd da auf sie, die fahle Haut des Leichnams da vor ihm, als wäre es das Flackern eines Filmprojektors, der doch auch immer zwei Filme an die Leinwand wirft, den einen Film erzählt das Licht, den anderen die Schatten. Und merkt er schon, dass er, der Tulp, nun einen etwas tiefen Einblick hat gewährt in diese Innenwelt, die sich da in der Pathologenseele auftut, in die die Wirklichkeit wie in so einen Lichtspielsaal die Bilder all der Leichen immer wieder wirft.

Da stehen sie, die beiden, wie von so einem Flugzeug ausgespuckt, das sie hoch oben vom Polarkreis in diese glühend heiße Klimazone hat verschleppt. Und drückt die Hitze noch mal mehr nach dieser stumpfen Kühle, die herrschte da im Keller. Und sind erleichtert jetzt, die beiden, dass sie Tulps Totenreich wieder entstiegen, wieder an der Oberfläche, im Reich der Lebenden sich nun bewegen. Und Schauers Tochter, die nach wie vor besorgt um ihren Vater, freut sich nun doch ein bisschen, dass da im Keller drunten nicht alle Hoffnung sterben musste. Und dreht sie sich darum nun um zu dem Begleiter, der mit ihr runter ist gestiegen und wieder rauf, sie nicht zurückgelassen hat unten, im Reich der Toten, dreht sich zu Schlicht und sagt ganz leise: »Danke«, der es, das Danke, dann mit einer Geste, wie eine lästige Fliege, versucht nun zu verscheuchen. Und fragt drauf nur, ob sie nicht Lust hätt auf ein Eis, um sich die düsteren Gedanken zu vertreiben. Weil so ein Creme-Eis hätte doch so manche schon vor all den Abgründen bewahrt, die so ein Leben halt bereithält. Weil, das habe er, der Schlicht, sich schon des Öfteren gedacht, dass wenn einem auch alle Gründe abhandenkommen und man dem Leben überdrüssig, so hilft zumindest, als letzter Anker, sich dann vorzustellen, dass man, wenn man erst tot, bestimmt kein Eis mehr essen könnt. Und muss auch Astrid jetzt kurz kichern, bei dem Gedanken dran. Es hätte seine Firma Pistazie im Schokomantel grad im Angebot. Und weil der Schlicht mit der Geschmacksrichtung bei ihr, der Astrid, wieder mal genau ins Schwarze oder besser

Pistaziengrüne hat getroffen, weil sie so eine Ablenkung grad durchaus konnt gebrauchen, weil ihr die Hitze ohne ein Eis unerträglich schon geworden war, drum sieht man sie kurz darauf sitzen im Schatten von dem Kühlwagen mit jeweils einem Pistazieneis bestückt, da aus der Familypackung, die der Schlicht großzügig für sie hat aufgerissen.

Es sehe nicht so aus, als würd es heut noch regnen. Das Wetter zieht vorbei, irgendwo im Süden zieht das Wetter meist vorbei. Dort komme all das Wasser runter, in Baden oder Bad Vöslau. Hier in der Stadt, da sehe man die Wolken immer drohend nur vorüberziehen. Sieht immer wieder nur so aus, als könnt es regnen, obwohl es dann staubtrocken. Und merkt man an den Leuten, gerade da im Stadtverkehr, dass eine Abkühlung schon nottät längst. Die Hitze sitze wie eine Qualle auf der Stadt und merke man, wie sie sich auf die Gemüter lege, die Hitzequalle, die mit all ihren Tentakeln sich auf die Hitzköpfe jetzt lege. Und spüre man, wie die Bewegungen und es, das Denken, schwerfällig auch werden, durch diesen Hitzestau, da zwischen Fleisch und Stein, aus denen doch die Stadt gebaut.

Es hätt ihr Vater jedes Mal, wenn sie ihn hätt besucht, auch als die Mama schon gestorben, hätt immer er ein Rehragout ihr aufgetischt, weil das ihr absolutes Leibgericht. Als Kind konnt sie's nicht leiden, schon wegen diesem Bambi und der Niedlichkeit der Tiere. Und weiß sie heute gar nicht mehr, wann ihr das nichts mehr ausgemacht, das mit der Niedlichkeit. Das falle ihr gerade ein, so aus dem Nichts heraus. Und zuckt jetzt kurz zusammen er, der Schlicht, weil diese Kälte von dem Eis ihm in die Zähne fährt. Dass das die Nerven seien, die Nervenenden in den Zähnen. Die auf die Kälte reagieren. Es könnt ein Zeichen sein, dass dieser Schmelz schon merklich angegriffen. Ihr könnt das nicht passieren, sie habe, aufgrund eines unglücklichen Vorfalls, habe sie nur Implantate mehr im Mund. Und tickt mit einem ihrer Fingernägel auf den linken oberen Eckzahn drauf, dass man es klacken hört. Sie habe alle diese Implantate selber angefertigt. Sie wisse nicht, warum sie ihm das grad erzähle, das habe sie noch niemandem zuvor. Manche fänden so was komisch, sie aber sei schon etwas stolz, dass sie sich quasi selber repariert habe. Worauf er meint, dass ihn das gar nicht schrecke und dass uns das in Zukunft, in Zukunft werde uns das nämlich noch viel weniger dann wundern, wenn viele von uns schon zur Hälfte künstlich wären. Da würden wir ganz andre Teile noch an uns austauschen. Nein, nicht, was sie jetzt denke, aber man sei nun mal dabei, den Menschen durch den Menschen zu überwinden. Und dass das, wie bei allem Neuen, erst mal ein riesiges Geschäft. Dann werde man mit solchen Kühlwagen wie dem seinen, werde man da dann herumfahren, von Haus zu Haus, nur dass nicht Tiefkühlkost mehr drinnen wär, nein, da würden die Ersatzteile dann ausgeliefert werden. Kniescheiben, Hüften, Gallenblasen, an was man halt grad leide, werde flugs schon ausgetauscht. Leichenschauhäuser wären dann Geschichte, weil dieser Tod dann überwunden worden wär, zumindest für diejenigen, die auch das notwendige Kleingeld auf der Seite hätten. Und wer sich's leisten könnt, würd gänzlich künstlich ewig leben, während wir anderen, na ja, für uns blieb es beim Alten, wir könnten uns nicht mal die Zahnprothesen leisten. Er habe in der Zeitung drin gelesen, von einer Russin, der habe ihre Zahnärztin zweiundzwanzig gesunde Zähne ausgerissen, um ihr die Implantate teuer zu verkaufen dann. Er wolle ihr Gewerbe nicht schlechter machen, als es sei, aber da frage er sich schon. Und fragt sich da in sich, was er da plappert überhaupt, was ist denn das, dass er nicht aufhören kann, grad diesen Blech von sich zu geben. Und ist jetzt erst mal still, der Schlicht. Und meint nun sie, nach einer kurzen Pause, dass sie das gar nicht so sehr schrecke, austauschbar zu sein. Alle halten sich, aus ihrer Sicht heraus vielleicht, für etwas ganz Besonderes, fürs größte Rätsel unseres gesamten Universums. Doch in der Masse scheinen wir doch sehr berechenbar, womöglich austauschbarer, als uns das vielleicht lieb. Kürzlich habe sie gelesen, dass unser Ich, dass das eine Erfindung nur der Evolution, um uns vorm Aussterben zu retten. Hirnspezialisten hätten mit Hirnstrommessungen herausgefunden, dass unser Ich erst da im Nachhinein, wenn eine Entscheidung schon gefällt, dann würde Ich, also es, das Ich, erst darüber informiert, was längst entschieden, von einer höheren Instanz da drin im Hirn. Als wär das Ich, mit all den Ängsten, den Lüsten und den Wünschen, als wäre das wie sein Gedanke mit dem Eis vorhin, dass es, das Ich, uns nur von diesem Abgrund ablenken solle. Und sitzen da im Schatten von dem Kühlwagen und blicken schweigend rein in diesen Baugrund, den verwilderten, vor dem der Wagen parkt. Und als das Schweigen fast zu lang, meint Schlicht: »Bewusstsein ist Pistazieneis.« Da lachen sie jetzt beide. Und sehen sie sich an, die beiden schauen tief da in die Augen rein von ihrem Gegenüber, um dort vielleicht dann zu erkennen drin, wie diese höhere Instanz im Hirn des Gegenüber sich entschieden hat, um plötzlich und perfekt synchron sich aufeinander zu dann zu bewegen, die Lippen, diese gut gekühlten, zuzuspitzen und sich zu küssen, weil ihre Hirne das vor ein paar Millisekunden so für sie entschieden, drücken sie jetzt die pistazieneisgekühlten Lippen aneinander, dort in dem Schatten von dem Tiefkühlkosttransporter, umgeben von hitzeflimmerndem Asphalt, und fühlt sich an, als würd sein Herz, da drin in seiner Brust,

als würd's wie der Asphalt kurz flimmern, wie eine Spiege-
lung der Luft im Wüstensand. Und während sich die beiden
küssen, schmilzt das Pistazieneis da an den Stielen, rinnt der
Schwerkraft folgend wie ein kleiner grün gefärbter Bach über
die Finger, um dann da zwischen ihnen auf dem Boden in
einen kleinen giftig grünen Pistaziensee zu tropfen.

Teil einer größeren Erzählung

»Erdknollen, Norbert, Erdknollen, ich fass es nicht.« Und Norbert, der Harald wieder mal mit einem Ausdruck im Gesicht anblickt, der ihm, dem Harald, dann bedeuten soll, dass ihm das alles gar nichts sage, dass er, wie man so sagt, nur Bahnhof grad verstehe. Fragt drum nun nach, was das denn bitte sei, Erdknollen. Woraufhin Harald, der seinen Blick nicht abwendet da von dem Seitenspiegel an dem Kleintransporter mit dem Firmenlogo an der Seitenwand, das sie, die beiden, vorsorglich schon abgeklebt, weil dieser Auftrag hier, auf den die Schimmelteufel sie geschickt, der ist heut außerdienstlich, oder besser unterdienstlich sozusagen, meint nun, dass ihm da eine gewisse historische Genauigkeit doch wichtig sei, dass es dabei gerade um solche scheinbar unscheinbaren Kleinigkeiten gehe, dass ihn derart unnötige Fehler, wie diese als Erdknolle getarnte Kartoffel da auf dem Mittelalterfest, das er am Wochenend besucht habe, dass ihn derartige Ungereimtheiten in den Wahnsinn trieben. Dabei wisse man doch, dass die Kartoffel aus der Neuen Welt zu uns den Weg erst mit Napoleon gefunden habe. Dass er sich schon mit den Kollegen aus der Gilde beraten habe, die er in diesem Mittelalterforum drin gefunden, wie dem Veranstalter von dem Buhurt und Fest dort auf der Burg, wie sie ihm einen Denkzettel verpassen könnten, damit er von solchem historischen Unsinn beim nächsten Mal werde Abstand nehmen. Und richtet Harald nun den Seitenspiegel noch mal ein, um diesen Laden mit der Aufschrift Feuerwerke Fabian gut da im Blick drin zu behalten. Damit ihm nichts entgeht, von dem Geschehen dort auf der andren Straßenseite, und ihnen dann der Schlicht nicht ungesehen noch entwischt. Es hat die Schimmelteufel nämlich sie geschickt, den Schlicht heut zu beschatten. Drum sitzen sie in ihrem Firmenwagen, da auf dem Parkplatz von dem Friedhof dort am Matzleinsdorfer Platz, wo auch die Schatten all der Kraftfahrzeuge immer länger werden. Und dieser Tag, der schon als heißester seit dem Beginn der Aufzeichnung in die Geschichte eingegangen ist, nun übergeht in eine Tropennacht, die keine Abkühlung verspricht. Es ist drum Haralds Kragen auch schon schweißgetränkt, weshalb er sich mit seinem Taschentuch da zwischen Hals und Kragen von Zeit zu Zeit reinwischt. Die Augen festgeeist am Seitenspiegel. Doch noch ist nichts zu sehen und liegt dieser Betonblock immer noch wie ausgestorben da vorm Abendhimmel, diesem glühenden. Und sagt man drum auch Goldne Stund zu dieser Tageszeit. »Da gibt man sich die größte Mühe, bereitet sich akribisch über Wochen vor, die Kleidung und die Requisiten exakt wie aus der Zeit der Kreuzritter. Nur um sich dann von einer gottverdammten Erdknolle wieder ins Hier und Jetzt rausreißen zu lassen.« Und will ihn Norbert nun beschwichtigen, dass das doch nicht so schlimm, dass solche kleinen Fehler, dass die nun mal passieren können, die schleichen sich halt ein, dass sie doch den Gesamteindruck, die Illusion nicht stören könnten. Dass doch die Phantasie, die jeder mitbringe auf solch ein Mittelalterfest, die Lücken füllen würde, um sich da ganz in eine andre Zeit dann zu versetzen, dass uns die Kraft der Phantasie so eine Erdknolle auch übersehen lasse. Und merkt man schon an Haralds Schnappatmung, dass ihm nun bald der schweißgetränkte Kragen platzt. Phantasie und

Illusion, das sei ja wohl das Allerletzte, das ihn, den Harald, an derartigen Mittelalterreenactments intressiere. Was schwafle Norbert da daher von Einfühlung und Lückenfüllen, als wäre das hier irgendein Modelleisenbahnverein oder eine Art Seidenmalkurs. Ihm, dem Harald, gehe es dabei doch um viel mehr. Wie andere in seiner Gilde habe auch er sich für seine Darstellung eine reale Persönlichkeit aus dem Hochmittelalter als Vorlage gesucht. In seinem Fall ein Mönch des Johanniterordens. Je mehr er sich da mit dem Leben dieses Mönchs beschäftigt habe, umso tiefer habe er, der Harald, nun eine Verbindung zwischen seinem und dem Leben dieses Mönchs verspürt. Irgendetwas an der Biographie dieses leprakranken Geistlichen, der schon todgeweiht, zombiegleich sich dazu entschieden habe, Richtung Jerusalem zu ziehen, habe in ihm drin etwas gerührt, was erst die volle Hingabe ermöglicht habe. So habe er sich reinversetzen können in eine Lebensrealität, wie sie vor Hunderten von Jahren hier an Ort und Stelle gelebt worden sei. Ja, er habe begonnen, sich dieser Leidenschaft ganz aufzuopfern. Er habe seine Essgewohnheiten den mittelalterlichen angepasst, er habe gelernt zu gehen wie in der Zeit, als man kein festes Schuhwerk noch gekannt, er habe sich mit der traditionell europäischen Kampfkunst vertraut gemacht, er habe nicht mehr dargestellt, als ob er dieser Konrad von Knollenberg gewesen sei, nein, er habe ihn verkörpert. Als wäre er in diesen Konrad reingeschlüpft, oder umgekehrt, als hätte Konrads Geist den lepraverbeulten Körper da im Mittelalter auf halbem Weg da in den Nahen Osten, wo er der Krankheit dann erlegen sei, als wäre Konrads Geist da in ihn reingeschlüpft. »Und sind die Umstände dann günstig, die Vorkehrungen allesamt getroffen und auch der Leib, der eigne, in einer gewissen Aufgeladenheit, bereit für diese körperliche

Übertragung. Das muss man sich mal vorstellen, kommt einem so ein Wurm dann in die Quere. Von der Gemeinde angestellt, um heimische Kartoffeln auf einem Mittelalterfest dann zu verkaufen, wo diese nichts, aber schon gar nichts, hier zu suchen haben«, und schnappt rachitisch nach der Luft jetzt er, der Harald, »um sie als Erdknolle dann zu verscherbeln«. Und atmet Harald jetzt so schwer, dass Norbert ihn beruhigen muss. Dass das gänzlich verständlich sei, dass ihm das leidtue, dem Norbert, wo er doch wisse, wie viel Zeit und Energie er da hinein würd investieren. Und so ein dummer, dummer Fehler, der wäre da schon ärgerlich, das sehe er schon ein. Und kramt nun Harald hektisch in den Taschen, weil seine Atmung immer mehr nach Eselsschreien klingt. Gequälte Eselsschreie, die da aus der Kehle von dem Harald dringen, und kramt noch einmal zittriger. Es hat nämlich der Harald schon als Kind immer wieder, wenn's mit ihm wieder durchgegangen, hatte er dann mit der Luft zu kämpfen. Was er darauf zurückgeführt, dass sein Herr Vater, ein Waffennarr, wie man so sagt, der sich die Munition, für die historischen Gewehre, die er gesammelt hat, da in dem Keller von dem Einfamilienhaus, hat er sich selbst gegossen. Und weil das Kinderzimmer über dieser Hobbywaffenwerkstatt hat gelegen, drum sind die Dämpfe da durch das Fenster rauf. Während er geschlafen, immer diese Dämpfe sich in seine Lunge reingeatmet, kein Wunder, dass er asthmatisch dann geworden. Deshalb will ihn der Harald auch verklagen, ihn, den Herrn Vater, auf Schmerzensgeld, sobald er nur genügend Geld zusammen hat, sich einen Anwalt auch zu leisten. Dann muss er bluten, finanziell. Und wenn es ihm die alte Steinschlossflinte kostet, die der Herr Vater da in dem Tresor gebunkert. Und röchelt, röchelt jetzt der Harald asthmatisch ein und aus. Greift zitternd in die Hosentasche rein, umfasst es fest, das kühlende Metall, umschließt es mit den Lippen, drückt auf den Auslöser, dass eine Wolke aus dem Inhalator in seine Lunge schießt, atmet tief durch und sinkt zurück da in den Fahrersessel. Und wandert nun der Blick von ihm kurz weg vom Seitenspiegel, hin dort zur Ablage in der Konsole, wo neben einer Softdrinkdose das Handy grad vibriert und da auf dem Display die Nachricht neongrün aufleuchtet jetzt: *Schnappt ihn euch und bringt ihn her.*

»Gänzlich neue Strategie«, sagt er, der Feuerwerker Fabian, bewegungslos, wie eingefroren sitzt er da, in seinem Laden drin, die Hand vor sich, zur Muschel hohl geformt, worin ein kleines Häufchen Vogelfutter er hat angehäuft. Und könnt man meinen, wenn man ihn derart regungslos dasitzen sieht, dass sie, die Zeit, kurz auf das Fließen hat vergessen. »Das Schwierigste, das sind die Augen. Das Unterdrücken von dem Zwinkern. Die Vermeidung dieses sogenannten Lidschluss-reflexes, das ist die höchste Kunst. Selbst wenn die Augen ausgetrocknet schon, selbst dann nicht sie zu schließen, um sie mit Tränenflüssigkeit vor dem Ausdürren zu beschützen, erfordert allerhöchste Konzentration und mentale Stärke, damit nicht es, dieses Kanarienvögelchen, nicht davon abge-schreckt dann doch das Weite wieder sucht«, spricht's da aus seinem Bauch heraus, wie man so sagt, weil er, obwohl sich seine Lippen nicht bewegen, es schafft, doch klar und deutlich noch sich zu artikulieren. Weshalb sich Schlicht echsenartig langsam durch den Raum bewegt, dort auf den Sessel zu, auf dem er für gewöhnlich Platz doch nimmt. Und zischt es scharf nun zwischen ihr, der Zahnspange von Fabian, heraus: »Langsam, Franz, ganz langsam!«, worauf-hin Schlicht noch einmal einen Gang zurück, dass man mit bloßem Auge kaum erkennen kann, dass er sich überhaupt noch von der Stelle rührt. Und nutzt nun Schlicht die halbe Ewigkeit, die er benötigt, um in dem Schneckentempo Fabians Feuerwerksladen von der Tür bis an den Stammplatz in der Ecke zu durchqueren, nutzt sie, um ihn, den Fabian, ins Bild zu setzen über die Entwicklungen bezüglich Schauers Tochter. Berichtet ihm von Hubers Eigenheim, dem luftdicht zugemauerten, von dieser ominösen Frau Doktor Bitter und ihrem Gatten, die er nun aufsuchen solle, und von dem Termin bei seinem Vogelfreund, dem Pathologen Tulp. Und dass er sich, der Schlicht, nun nur mehr frage, wie er, der doch mit all dem nichts zu schaffen haben wollte, wie er nun einigermaßen unbeschadet aus dieser Angelegenheit wieder werde herausfinden können. Und während Schlicht ihm ausführlichst von der Huber'schen Schattenexistenz erzählt, die er in seinem abgeschirmten Refugium weltuntergangsversessen absitzt, währenddessen verharrt Fabian nach wie vor in seiner inneren Vertiefung, so konzentriert, dass selbst die Fliege, da auf seiner Oberlippe, in das linke Nasenloch reinkrabbeln und durch das rechte wieder rausspazieren kann, ohne ihm, dem Feuerwerker Fabian, auch nur den leisesten Mucks zu entlocken. Um dann mit vollendeter Gelassenheit, zwischen seinen trocknen Lippen durchzuzischen, dass ihm das alles mehr als eigentümlich erscheine, dass man jedoch an einer solchen Eigentümlichkeit etwas übers Funktionieren unsrer Wirklichkeit erfahren könne. Ja, dass sich die Wirkung unsrer Wirklichkeit nur an solchen Eigentümlichkeiten, an dem, was scheinbar aus unsrer sogenannten Normalität rausragt, erkennen lasse. Ihm, dem Feuerwerker Fabian, sei dieser rotfaktorige Kanari deshalb so teuer, weil dessen rotfaktoriges Gefieder von einer derart eigentümlichen Färbung sei, dass sich daran so einiges erkennen lasse. Die Wissenschaft wisse schon seit längerem, dass so etwas wie Farbe in Wirklichkeit gar nicht existiere. »Farbe, Franz, das sind nur Wellen. Wellen, die da in unserem Hirn drin eine Illusion erzeugen, die wir dann grün oder blau oder eben rot nennen. Ob meine Illusion von Rot und deine Illusion von Rot dieselben sind, nur weil wir dieselben Worte dafür verwenden, werden wir genauso wenig klären können, wie wir jemand von Geburt an Blindem erklären können, was die Farbe Rot ist. Unsere Sprache ist an dieser Stelle höchst lückenhaft. Was uns jedoch nicht auffällt für gewöhnlich. Im Alltag verschwinden diese Lücken, die die Sprache hat. Nur da in der Erfahrung des Eigentümlichen, in der eigentümlich roten Farbe dieses rotfaktorigen Kanarienvögelchens, tritt diese Lücke offen uns entgegen. Und wollen immer wieder erklären, was denn das Eigenartige daran, was das für eine sonderbare Wirkung ist, die diese Farbe in ihrer Eigentümlichkeit ausübt auf uns, und scheitern, scheitern mit unsrer so handlichen Sprache aufs immer Neue daran, das Unfassbare an einer solchen Farbe in Worte zu verpacken.« Schlicht, der sich nun endlich in Zeitlupe in seinen Sessel sinken lässt und nach dem Bier greift, das Fabian schon vorsorglich hat dort platziert, meint drauf nur, dass das wohl wieder mal ein bisschen zu weit ausgeholt und er ihm doch nun bitte mal erklären solle, was das denn alles mit der konkreten Situation zu tun habe, in der er sich im Augenblick befinde. Weil er für derlei weltfremdes Geschwurbel gerade denkbar wenig übrig hätt. »Das wollte ich, also, da, da wollte ich … Franz. Das wollte ich doch grad sagen. Das Anormale ist in einer Welt, die Tag für Tag genormter wird, ist kostbar, eine Rarität. Dem Verdächtigen, spürt man es auf, muss man doch nachgehen dann. Da muss doch so ein Spürsinn da in dir drin anspringen, Franz. Da muss sich doch da irgendwo in dir, muss sich doch etwas fragen dann, was sind das denn für Merkwürdigkeiten, die dir auf Schritt und Tritt begegnen.« Es verstehe sich von selbst, meint Schlicht, dass ihm das alles höchst sonderbar erscheine, dass er sich jedoch frage, was diese Leichenjagd ihm bringe, weil, auch wenn der Doktor Schauer noch am Leben sei, so sei er das wohl nicht mehr allzu lang. Weshalb sich dieser ganze Aufwand in keinem Fall rentiere. Und fällt, es fällt das Licht, fällt golden jetzt herein von draußen, wo die Sonne über den letzten Pendlerinnen und Pendlern untergeht, die sich durch dieses gänzlich unscheinbare Tor der Stadt, diesen übersehenen Ort da zwischen Baustellen und Ausfahrtsstraßen, zwischen Hochbahnen und Unterführungen von ihren Kraftfahrzeugen da in die Nacht des Umlands hinausschieben lassen. Und tanzen sie, die Staubpartikel, im Laden, tanzen in den goldnen Lichtkegeln, wie kleine Feuerwerke. Ein goldnes Wimmeln, während diese beiden, der Schlicht und er, der Fabian, noch immer regungslos auf den Kanari warten. »Hast du nicht auch von Zeit zu Zeit dieses Gefühl, dass wir nur hier, weil wir noch eine Aufgabe, eine wichtige, oder auch nicht so wichtige, in jedem Fall aber eine unverzichtbare Aufgabe in so etwas wie einer größeren Erzählung haben?« Er, der Feuerwerker Fabian, glaube fest daran, dass es so etwas gibt, auch wenn das meiste darin zufällig, wie hingeworfen auf ein Blatt Papier, dass all das doch einem Erzählstrang folge. Und wenn er ihn erzählen höre, dann sei er sicher sich, dass er, der Schlicht, in dieser Geschichte, eine wichtige, wie man so sagt, eine tragende Rolle spiele. Wenn er ihn frage, ihn, den Feuerwerker Fabian, dann scheine es ihm, als sei er, Franz Schlicht, in eine Art Ermittlerrolle reingeschlüpft und müsse nun den Fährten folgen, die ihm da vor die Füße fallen, um diesen Grund für all die Eigentümlichkeiten auszumachen.

Und springt jetzt hoch, springt wie von einer sprichwört-
lichen Tarantel gestochen hoch und schlägt dem Fabian mit
aller Kraft die ausgestreckte Hand, die mit dem Vogelfutter
angefüllte, weg, dass sie, die Körner, golden schimmernd
durch die letzten Sonnenstrahlen fliegen, um prasselnd
ringsum im Laden sich dann zu verteilen. Und herrscht er
übelst ihn, den Fabian, jetzt an, ob er zu viele von den Kri-
minalgeschichten gelesen habe, die seine Mutter ihm immer
wieder kaufe. Dass er, Franz Schlicht, keine Figur und nie-
mandes Ermittler. Er wolle sich in keine Rolle reintheatern
und in keine größere Erzählung betten lassen. Ihm seien Er-
zählungen, ob große oder kleine, seien ihm suspekt. Er habe
keine Lust auf irgend so ein herphantasiertes Abenteuer. Und
wenn er hier nicht mehr sein Feierabendbier mit ihm, dem
Fabian, trinken könnt, ohne in irgendwelche Geschichten
reingezogen zu werden, dann komme er halt nicht mehr her.
So einfach sei das nämlich. Dann könne er, der Fabian, zu
Hause bleiben, um sich von seiner Mutter aus ihren Detek-
tivromanen etwas vorlesen zu lassen. Und dreht sich um zur
Tür, dreht Fabian den Rücken zu, der immer noch schmollt
wie ein Dackel vor dem Supermarkt, und knirscht das Vogelfutter unter seinen Schritten, als Schlicht nun da zur Tür
hinaus. Und steht er jetzt an diesem Ort, der keiner sein will.
In einer Nacht, die keine sein will. Und denkt in sich: Ich
werd das alles, so schnell es geht, wieder vergessen.

Und denkt der Schlicht jetzt da in sich, dass wenn man
mal vergessen will, kommt einem so ein Job, wie der des
Tiefkühlkostvertreters, kommt einem schon entgegen. Weil
da doch so eine Routine herrscht, die immer gleichen Runden drehen, in dem Transporter, ohne viel nachzudenken.
Und jeden Morgen erst zum Kühlhaus raus, die Ware holen,
und lässt man dort schon etwas von der Erinnerungslast, fährt

seine Runden und vermisst sie nicht. Gibt sie dort ab, diese Erinnerung im Kühlhaus, denkt er sich, die legen sie mit einem Gabelstapler ab, in irgend so ein Kühlregal, Gang F, Fach 13. Und brauchst dann nicht mehr daran denken. Nur äußerst selten kommt es vor, dass sie, die tiefgefrorene Erinnerung, dass die den Weg dort aus dem Kühlhaus schafft, sich loseist, ausbricht dann. Nicht schonend aufgetaut, diese Erinnerung. Dass sie ganz matschig dann vor einem steht. Und ist's gerade so eine längst vergessene Erinnerung, die ihn, den Schlicht, nun einholt wieder. Als er schon kurz da vor dem Abgang zu der Unterführung.

Im selben Augenblick schreit nämlich er, der Norbert, da in dem Lieferwagen drin, dort auf der andren Seite von der Straße: »Da geht der Schlicht«, und lässt nun er, der Harald, den Motor an. Bringt ihn auf Drehzahl, bis er heult, dann lässt er erst die Kupplung kommen, dass sie, die Reifen, sich kurz durchdrehen auf dem glühenden Asphalt, bis dass sie den Grip dann wieder finden und dieser Lieferwagen quietschend aus dem Parkplatz raus. Und einen U-Turn auf die andre Straßenseite, wo Norbert wie ein Windhund aus dem Wagen springt und diesen Sack, den er schon längst parat, stülpt ihn dem Schlicht jetzt übern Kopf. Schnürt ihn mit einem Kabelbinder um den Hals. Verpasst dem Orientierungslosen einen sogenannten Magenstrudel, woraufhin er, der Schlicht, nach Luft ringt schwer, dort unterm Jutesack. Und stößt ihn Norbert in den Kofferraum, wo er gekrümmter Haltung liegen bleibt. Die Tür fällt rein ins Schloss und hört nur mehr die Reifen quietschen, dass es den Körper, seinen, in die Ecke wuchtet jetzt in diesem Laderaum, in dem es chemisch riecht. Und kommt dieser Geruch vertraut ihm vor. Oft sind es diese kleinen, unscheinbar kleinen Reize, wie so ein Duft, ein flüchtiger, nach Chemikalien, der einem eine längst tiefgefrorene Erinnerung dann wieder ins Gedächtnis taut. Jetzt liegt er da im Dunkel dieses Laderaums. Rollt knallend hin und her bei jeder Kurve. Liegt da in diesem ätzend chemischen Gestank und muss sich dran erinnern. Als würde dieser Duft ihn durch die Zeit in eine andere versetzen. Ein Duft wie eine Zeitmaschine. Und liegt vielleicht auch dran, dass eine von den Flaschen Fleckentferner leckt, dass es nicht nur der Duft, der ihn hat weggetragen, sondern der Wirkstoff drin in dieser Chemikalie, der dort schon in der Luft gelegen. Rollt hin und her im Laderaum und kann nicht anders, als sich nun zu erinnern dran, wie das gewesen ist vor Jahren, als er und sie, die Schimmelteufel, dieses Ding gedreht und sich dadurch das Schicksal von dem Schlicht gewendet.

Im Jahre Schnee

Wenn sie, die Schimmelteufel, sich mit einem Wort beschreiben sollte, wenn sie sich selbst, mit all den Gegensätzlichkeiten und versteckten Qualitäten, die so ein Menschenleben doch im Kern bedingen, auf dieses eine, einzige Wort herunterbrechen sollt, dann wär für sie das wohl das Wort: vertrauenswürdig. Und gibt so Menschen wie Sabine Teufel, an denen haftet irgendetwas, das einem sagt, schenk ihr dein vollstes Vertrauen, schau sie dir an, was es auch sei, die haut so schnell nichts um, der kannst du alles anvertrauen. Nur ob sie sich des uneingeschränkten Vertrauens wirklich wert auch zeigt, ob sie nicht bloß vertrauenerweckend, nicht aber -würdig ist, das steht auf einem andren Blatt. Und ist gerade in der Reinigungsbranche die Vertrauenswürdigkeit ein hohes Gut, weil doch die Putzkraft immer wieder in Bereiche vordringt, die nie ein Mensch, der nicht demselben Haushalt angehört, zuvor betreten hat. Fakt ist, dass keine ihrer Kundinnen und Kunden jemals Bedenken hatte, ihr Zugang zu den intimsten Räumlichkeiten zu gewähren. Und so bekommt man schon so einiges zu sehen, von den verborgnen Seiten all der Lebensformen, deren öffentliche Ausgestaltungen nur die Spitze eines Eisbergs sind, der noch weit tiefer reicht. Und kann drum sie, die Teufel, so schnell nichts überraschen, weil ihr, wie man so sagt, nichts Menschliches noch fremd.

Das war es auch, was sie vor Jahren in *Gittis Eck* Franz Schlicht erzählte, dass er sich wundern würd, was sie nicht alles schon gesehen. Und dass sie dabei nicht von Spiegeln überm Bett, Honigspendern am WC oder versteckten Plüschtierzimmern spreche. Woraufhin Schlicht der Gitti einen Wink gegeben, dass sie noch zwei von diesen Flügerln da an ihren Tisch doch bringen soll. Weil er, der Schlicht, wieder so ein Jucken im kleinen Zeh, das ihm doch schon des Öfteren hat angezeigt, was für ihn dann eine ergiebige Geschichte sein könnt. Und wenn jemand wie sie, die Teufel, wenn die redselig wird, dann musst du sie nur reden lassen, hat er sich da gedacht. Ja gut, im Nachhinein ist man leicht schlauer, nur muss man leider sagen, hätt er sich damals dieses Flügerl bei der Gitti, und mit dem Flügerl die Geschichte, die ihm die Teufel aufgetischt, hätt er sich die erspart, ihm wär so manches noch erspart geblieben. Aber so nahm das alles seinen Lauf, an dessen vorläufigem Tiefpunkt er mit einem Sack über dem Kopf im Laderaum nun von dem Firmenfahrzeug liegt. »Naziweihnachtsschmuck, gibt Leute, die sammeln Naziweihnachtsschmuck, für teures Geld.« Es sei nämlich der Nazidiktatur das Weihnachtsfest ein Dorn in ihren deutschen Augen drin gewesen. Der Glaube, dieser christliche, an die Geburt ihres Erlösers, das habe ihnen doch zu sehr dann abgelenkt von diesem eingeborenen Erlöser, den sie, die Nazis, doch unbedingt in Hitler drin erkennen wollten. Und musste drum das Weihnachtsfest von seiner christlichen Umklammerung befreit und einem Kult am Führer angenähert werden. Nicht Christ, nein Hitler, der Retter, war nun da, das Julfest zu begehen. Und habe man dann in den Vierzigern drum angefangen, neben allerhand mythisch germanischem Brimborium, auch Christbaumschmuck zu produzieren. Gerade dieser Stern, der einem solchen Baum oft aufgesetzt, sei ihnen besonders unpassend erschienen, ob er nun sechs oder nur fünf Zinken trüge, weshalb man ihn mit ihrem aus dem Indischen entliehenen Symbol ersetzen wollt. Runenbesetzte Christbaumkugeln, Reichsadler und glitzernde Granaten, ja selbst das Konterfei des Führers. Was man so braucht, um seinen Tannenbaum fürs Fest der Liebe aufzuputzen. Ihr sei das alles neu gewesen, einer ihrer Kunden, sie sage nur Ministerialrat, leitender Ministerialrat, mehr sage sie auch nicht, habe ihr das dann erzählt. Das müsse er sich einmal vorstellen: »Steh da im Schlafzimmer von dem Herrn Ministerialbeamten und denk mir noch, was will er jetzt von mir, und greife vorsorglich da in die Tasche rein, dort wo der Pfefferspray bereit schon liegt, um derlei unangenehme Situationen schnellstmöglich wieder aufzulösen. Stehen da vor diesem Schrank, dem abgesicherten, und öffnet hier mit diesem Schlüssel, öffnet er den Schrank, darin festlich beleuchtet hängt ein Dutzend von dem Naziweihnachtsschmuck, den ich nun einmal wöchentlich mit allerhöchster Behutsamkeit abstauben soll.« Sie wisse auch beim besten Willen nicht, was in so Leuten vorgehe, dass sie einer Person wie ihr solche sensiblen Dinge anvertrauen würden. Sie habe aber den Verdacht, dass man ihr derart heikle Informationen anvertrauen würd, weil man ihr nicht zutraue, dass sie mit einer solchen Information überhaupt etwas anzufangen wisse. »Was soll die Putzkraft groß. Wen soll die denn, wen kennt die denn.« Und meinte darum drauf der Schlicht, dass sie sich doch zu Weihnachten mal ein paar von den Kugeln leihen sollt, man müsse solche Leute packen an den Kronjuwelen, und könnt wohl schwer zur Polizei, um dort Anzeige zu erstatten, gerad in seiner Position als öffentlicher Entscheidungsträger.

Und ist an jenem Abend da in *Gittis Eck* auch noch das eine oder andre Flügerl dann geflossen, während er, der

Schlicht, von seiner Kundschaft noch hat erzählt, wie von der ältern Dame in der mehr als großzügigen Altbauwohnung in der Innenstadt, die ihre Tiefkühltruhe da im Schlafzimmer direkt neben ihrem Bett stehen habe.

Weshalb er dann am nächsten Morgen an seinem Tiefkühlkosttransporter stand, erst mal den Kopf da rein in so ein Fach gesteckt, das voller Packungen mit Chicken Wings, den Kopf mitsamt dem Schädelweh da rein zwischen die tiefgefrorenen Hühnerflügel, um durch die Schockfrostung den Kopfschmerz zu betäuben. Als er es dumpf von draußen, wo sein Körper noch geblieben ist, dort aus der Tasche von der Uniform, hörte er es läuten dann und zog nur widerwillig seinen Kopf wieder heraus da aus der Kryokammer. Warf einen Blick auf das Display, Sabine. Sie hätte noch mal nachgedacht, also, was er da gestern bei der Gitti, nein nicht das, das andere, dass der Herr Ministerialrat, dass der auf keinen Fall zur Polizei, weil der so einen Imageschaden, wie man so sagt, den könnte er sich unter keinen Umständen, könnte er sich einen solchen leisten. Dass das doch die Gelegenheit, die man mit beiden Händen fassen müsst. Gerade bei einem wie dem Ministerialrat Kerninger, der selbst doch keine Chance auslassen würde, jemandem wie uns, wo es nur geht, das Leben schwerer noch zu machen, als es ohnehin schon sei. »Und müsst man ihm die Kugeln nur entwenden, um ihn dann zu erpressen, wenn er sie unbeschadet wieder will, dann soll er zahlen. Wenn er nicht will, dass all das an die Presse geht, dann soll er zahlen. Dann pressen wir ihn aus, da an der ausgestreckten Hand.« Und hörte sie, die Teufel, hörte in den Hörer rein von ihrem Festnetztelefon, hörte nichts, nur Stille, die aus der Hörmuschel rausrauschte. »Bist du noch in der Leitung, Franz?«, und hätt auch da noch einmal Vollbremsung und Kehrtwende dann machen können, um ihr, der Teufel, klarzumachen, dass es für sie das Bessere, wenn sie das ganz, ganz schnell wieder vergesse. Stattdessen aber hörte man ihn röhrend husten jetzt, bis endlich er, der Schlicht, mit einer Stimme wie Trockeneis versetzte, dass das nicht grad nach dem perfekten Plan klinge, weil doch so ein Verbrechen, soll es perfekt sein auch, dürft es von außen nicht nach so einem Verbrechen aussehen. Wenn er auch eines nur gelernt, dann dass so ein Verbrechen, wenn es perfekt, immer in der Maske des Geschäfts auftrete. Ja, dass er sich manchmal schon frage, ob nicht hinter so gut wie jedem Geschäft versteckt ein perfektes Verbrechen lauere. Dass er aber solche Dinge nur ungern da am Telefon bespreche, da fange es schon an mit einer Perfektion, dass man gewisse Dinge lieber unvermittelt bespreche. Und saßen sie drum kurz darauf in diesem alten Stoßcafé, das Schlicht von Zeit zu Zeit beehrte, weil man sich dort noch ungestört hat unterhalten können. Ganz hinten an dem Tisch die beiden, der Schlicht und sie, die Teufel, denen man die letzte Nacht noch angemerkt. Schmiedeten über schwärzesten Kaffee gebeugt, schmiedeten sie ihren Plan, den sogenannten wasserdichten. Und meinte er, der Schlicht, dass jemand wie den Ministerialrat Kerninger, den müsse man da an der Sammelleidenschaft, müsse man den packen. Weil mit so einer Leidenschaft, da lasse sich immer Geld doch machen. Weil sich die Leute einer Leidenschaft mit Haut und Haar verschreiben würden. Und ließe mit Sicherheit der Kerninger sich keine noch so kleine Gelegenheit entgehen, die eigene Sammlung zu erweitern. Sie bräuchten ihm nur so ein Angebot dann unterbreiten, dem er nicht widerstehen könnt, »und will er zugreifen, wird er es nicht mal merken, dass wir in seine Taschen greifen«. Und meinte sie, die Teufel, nur, sie kriege schön langsam auch ein Bild von dem, was ihm, dem Schlicht, da vorschwebe. Da lehnte Schlicht sich etwas weiter übern Tisch zu ihr, der Teufel, rüber, damit er noch mal leiser sprechen konnte. Man müsse ihm, dem Kerninger, seinen alten Nazi-Tand als einen neuen Nazi-Tand verkaufen. Fürs Erste reiche schon ein Foto von seinem eignen Christbaumschmuck in einer Schuhschachtel, die die Teufel solle heimlich mitbringen da in sein Haus beim nächsten Mal. Dort lege sie die Christbaumkugeln dann hinein und mache ein, zwei Fotos, mit denen werden sie das Interesse von dem Kerninger dann wecken. »Und haben wir ihn erst mal an der Angel, dann lassen wir ihn zappeln. Ein Strohmann, in diesem Fall jetzt ich, muss ihm dann die Geschichte plausibel machen. Die Fotos zeigen nur einen Bruchteil eines weit größeren Bestandes, der unserem Mandanten beim Umbau eines alten Dachbodens zugefallen. Unser Mandant könne mit derlei Dingen rein gar nichts anfangen, wolle aber auch keine überzogenen moralischen Maßstäbe an den Tag legen, wenn dabei etwas für ihn rausspringen würd, würd er sich überreden lassen, die Kisten dann nicht zu entsorgen. Um ihm dann hinter vorgehaltner Hand, quasi unter uns, zu sagen, dass der Mandant, der habe nicht die geringste Ahnung, auf was für einem Schatz er sitze. Ja, dass für einen kleinen Vorschuss, er, das heißt jetzt ich, der Schlicht, für ihn, den Kerninger, aktiv werden kann, um diesen Nazischatz quasi gemeinsam dann zu heben.« Es sei gerade dieser etwas abenteuerliche Plot, der das Vertrauen von Leuten wie dem Kerninger einbringe. »Was wir verkaufen«, sagte der Schlicht nun wieder auf Zimmerlautstärke, »was wir verkaufen, ist nicht eine obszöne Antiquität, die er schon hat. Was wir verkaufen, ist dieses Abenteuer. Und wird er drum mit jeder Episode, mit jedem Haken, den unsere Geschichte schlägt, wird er drum noch mal lieber zahlen. Ist nur unsere Geschichte gut genug, wird sie es sein, die ihn dann packt, die ihn auspresst, die ausgestreckte Hand, das ist diese Erzählung, unsere. Unser Mandant, der auf den Kisten mit den Christbaumkugeln sitzt, wolle sie nun doch von einem unabhängigen Experten schätzen lassen. Wie gut, dass wir gerade dafür jemand kennen, der für eine angemessne Bezahlung Gutachten erstellt. Fiktive Lösungen für fiktive Probleme, das ist es, was wir verkaufen werden. Und kommt er doch einmal dahinter, dann was? Rennt er zur Polizei, um Anzeige dort zu erstatten wegen einem illegalen Nazischatz, den es ja nie gegeben hat, für den er aber trotzdem Unsummen bezahlt?« Da lachte sie, die Teufel, lachte teuflisch in sich rein.

Es pflegte er, der Ministerialrat Kerninger, am Sonntag genüsslich ein Butterkipfel sich in seinen Milchkaffee hineinzutunken. Und während sich der Plunder unterm Milchschaum dann mit seinem Milchkaffee hat angesoffen, blätterte er, der Ministerialrat Kerninger, durch sie, die Sonntagszeitungen, wälzte Erwägungen in seinem Kopf, politisch-strategischer Natur, wälzte hin und her derlei Erwägungen und strich die Zeitungsblätter glatt, und Schicht um Schicht drang der Kaffee da in den Blätterteig, faltete, glättete, walzte sie aus, der Ministerialrat Kerninger, um sich die Zeitung dann ganz nah an sein Gesicht zu halten und über seinen Brillenrand hinweg ein Bild da drinnen in der Sonntagszeitung zu beäugen: ein Spatenstich, honorige Herren ohne Krawatte, die Frau im Bild darf nur den Spaten reichen, der mehr Symbol als Werkzeug. Und stach wie dieser Spaten, stach auch der Blick des Ministerialrats Kerninger da in das Bild hinein, es war ihm nämlich etwas da ins Aug gestochen, um genauer zu sein, ein Gesicht war ihm, dem Kerninger, da in sein Aug hineingestochen, wunderte sich, was das Gesicht da tat unter den anderen. Holte aus der Innentasche des Jacketts ein winziges Notizheft raus, in das er einen Namen dann notierte: Doktor Schauer, doppelt unterstrichen. Um das winzig kleine Heftchen wieder in der Innentasche verschwinden dann zu lassen. Um viel zu spät sich nun dem Feingebäck zu widmen, das, vom Kaffee gänzlich durchsetzt, die Konsistenz verloren hatte, nun nur mehr brauner Matsch, der beim Versuch, ihn noch zu bergen, sich löste und in die Tasse klatschte, die überschwappte, und ein Schwall brauner Flüssigkeit da auf die weiße Tischdecke sich nun ergoss, alles eine Riesensauerei. Es sei die höchste Kunst, dachte er, der Kerninger, in sich, das Butterkipferl an dem Punkt wieder aus dem Sud zu ziehen, wenn es schon gänzlich durchtränkt, als Ganzes aber noch stabil genug, dass man es noch genießen könne. Und als er grad von diesem Butterkipferl und seinem fatalen Ende einen allgemeinen Grundsatz sich herleiten wollte, klingelte es an der Tür und seine Frau, die diesem sonntäglichen Störenfried geöffnet, riss ihn heraus aus milchschaumversunkenen Gedanken. Es ginge um was Wichtiges: »Er will persönlich dich nur sprechen.«

Und stand nun da, der Schlicht, am anderen Ende von der Stadt. Auch am Rand, aber dem besseren. Dem Rand, wo keine Tierkörperverwertung und kein Busbahnhof, wo sich die Stadt da in den Hügeln drin verliert, stand da im sogenannten Cottage, vor einer Villa aus der Gründerzeit, die Abzüge der Fotos in einem Umschlag da in seiner Jackentasche drin. Er wolle den Herrn Ministerialrat nur ungern stören, weil er doch wisse, wie kostbar seine Zeit, ihm sei jedoch etwas zur Kenntnis geraten, das für den Herrn Ministerialrat von Interesse sein könnt. Wer er sei, tue nichts zur Sache, er sei in dieser Angelegenheit nur ein Vermittler, er, der Herr Ministerialrat, solle in ihm nicht mehr als einen fahrenden Vertreter sehen. Der ihm hiermit seinen Katalog zustelle. Er solle sich anschauen, was da in diesem Umschlag drinnen, und liege da auch seine Karte drin, wenn er denn Interesse, solle er sich dann da bei ihm melden. Dann werde er die nötigen Schritte in die Wege leiten. Dann würde er beginnen zu vermitteln, vermitteln zwischen Intressent und Verkäufer. Ihm sei nur wichtig, dass man das Angebot, das er hier stellt, dass man es ernst auch nehme. Weil er sich, durch eine solche Initiative, durchaus selber einer Gefahr aussetze. Darum bitte er um äußerste Diskretion. Da drückte er, der Schlicht, dem Kerninger den Umschlag in die Hand, der immer noch nicht wusste, was er von all dem halten solle. So schnell konnte der Kerninger nicht schauen, hatte der Schlicht auch wieder kehrtgemacht und ging die Auffahrt runter auf die Straße. Stand da, der Kerninger, die Brille in der einen und den Umschlag in der anderen. Wägte kurz ab, die Seltsamkeit der Situation und auch die Möglichkeit, dass ihn da in dem Umschlag etwas potenziell Bedrohliches erwarten könnte, um dann mit sturer Entschlossenheit, für die er immer wieder auch gelobt, um dann dieses Kuvert zu öffnen. Und konnte man es da in seinen Augen, konnte man es funkeln sehen, wie so ein Kind vor der Bescherung, als er die Fotos im Kuvert erblickte, als dieser Blick von ihm die Fotos gierig barg.

Es folgten weitere Treffen, bei denen sich der Kerninger durchaus als kniffeliger Gegenspieler, als ausgefuchster noch erwies als angenommen. Und doch konnt er, der Schlicht, ging es um ihren Köder, konnt er die Gier da in den Augen drin vom Kerninger, konnt er sie immer wieder blitzen sehen. Er machte ihm klar, dass es um einen größren Bestand sich handeln müsse, dass man zum jetzigen Zeitpunkt es nicht einmal erahnen könnt, was dieser denn so alles umfassen würd, dass er sich durchaus zutraue abzuschätzen, dass da der eine oder andre Überraschungsfund sich in den Kisten noch verstecke, den es nun gelte so behutsam als irgend möglich zu heben. Der Haken sei nur, dass der derzeitige Besitzer zwar gar nicht wisse, was er daran hätte, er aber dennoch etwas umständlich im Umgang sei, er nehme es, mit ihr, der Diskretion, wohl mehr als ernst, was für ihn, den Kerninger, könne sich der Schlicht vorstellen, durchaus auch von Interesse sei. Der Geschäftskontakt müsse rein über ihn, den Schlicht, dann laufen. Sein Mandant halte sich dabei diskret im Hintergrund, was nicht bedeuten solle, dass es ihm nicht auch ernst mit dem Verkauf. Nachdem der Schlicht dem Kerninger eine nicht kleine Summe abgenommen hatte, um in dieser delikaten Angelegenheit für ihn vermittelnd aktiv zu werden, nachdem er ihm, dem Kerninger, eine Anzahlung hat abgeluchst, um die begehrte Ware für ihn zu reservieren, nachdem er ihm die Kosten für ein kurzfristig abgesagtes Treffen mit dem ominösen Verkäufer aus der Tasche geleiert hatte, konnte Schlicht ihn auch noch davon überzeugen, die volle Summe für die fünfzehn Kisten zu bezahlen, die er, der Kerninger, nur von den Fotos kannte, die ihm der Schlicht hat präsentiert. Die sprichwörtliche Katz im Sack, nur dass in diesem Fall da in dem Sack statt einer fetten Weihnachtsgans nicht eine Katz, sondern nur ein kleines, verführerisches Märchen war, ein Schwindel, dem er, der Kerninger, leichtgläubig wie ein Kind, das noch ans Christkind glaubt, ist aufgesessen. Und hat dieser Moment, in dem die Illusion sich dann als solche zu erkennen gibt, der Moment, in dem sie nicht mehr täuschend echt, sondern sich nur echt enttäuschend zeigt, hat eine Sprengkraft, die weit verheerender als jeder finanzielle Schaden, der damit angerichtet. Was ihm, dem Kerninger, an Geld dabei abhanden, das konnt er leicht verschmerzen, aber der Schaden, der ihm symbolisch daraus erwachsen ist, den steckte er, der Ministerialrat, nicht so einfach weg. Und hat in Kerningers Fall, hat es auch eine Weile erst gedauert, bis er den Tatsachen, wie man so sagt, hat in die Augen schauen können. Hat sich erst noch gewundert, als nach der Übermittlung der letzten Summe sich niemand bei ihm gemeldet mehr. Gut, hat er sich da gesagt, das braucht halt seine Zeit, und als er dann bei Schlicht hat angerufen und eine Frauenstimme ihm im Telefon gesagt, dass es da keinen Anschluss unter dieser Nummer gebe, auch da hat er sich noch geklammert an die Reste einer Illusion, die längst am Bröckeln, ist selbst zu der auf der Visitenkarte angegebenen Adresse hingefahren, um dort nur eine Zoofachhandlung, Peppos Paradies, zu finden, und selbst da konnt er nicht anders als in die Zoohandlung hinein, in der grad Peppo einer Königspython eine tiefgefrorene Maus verfütterte, und erst da, als Kerninger da vor diesem Terrarium, in dem die Königspython ihr aufgetautes Frostfutter mit ausgehängtem Unterkiefer hinunterwürgte, da erst fiel endgültig bei Kerninger der Groschen. Da lichtete sich auch der letzte Nebel, dahinter eine kahle Wand. Und während sie, die Königspython, würgte und würgte, stieß es ihm sauer auf, dem Kerninger, und schluckte es wieder hinunter, das halb verdaute Butterkipferl, und sagte zu sich selbst, dafür wird er bezahlen. Und meinte damit nicht nur diesen finanziellen Schaden, er, der Kerninger.

Und riss ein Knall den Schlicht aus tiefstem Schlaf, als jemand mit dem Rammbock seine Tür geöffnet und plötzlich der Herr Inspektor da an der Kante seines Bettes hatte Platz genommen, um ihn mit furchteinflößender Gelassenheit zu fragen, ob er denn gut geschlafen. Es täte ihm sehr leid, dass sie so reinplatzen, zu dieser doch für ihn, den Schlicht, recht ungnädigen Zeit, und dass er sich, der Schlicht, nun leider auch noch eine neue Tür besorgen müsst, die alte sei beim Eintreten etwas in Mitleidenschaft gezogen worden. In dem Moment formte sich da im Schlicht auch die Erkenntnis, dass zu glauben, dass der Ministerialrat Kerninger, dass der keinerlei Freunde hätt da bei der Polizei, zu denen er in derart heiklen Fällen, wie dem diesen, gehen könnt, dass das wohl etwas kurz gedacht und dass er nun, der Schlicht, wie man so sagt, ziemlich in der Scheiße sitze, wieder mal. Er könne sich ja vielleicht vorstellen, weshalb er hier bei ihm für diese kleine Stippvisite haltgemacht.

Und wurd die Luft nun etwas dick, dort in der Garçonnière, hinter dem Bahnhof, die er, der Schlicht, sich billig angemietet.

Und richtete der Schlicht sich auf in seinem Bett. Räusperte sich erst einmal, und um die Seltsamkeit der Lage zu vertreiben, spielte er, der Schlicht, fürs Erste einfach mit. Er habe gut geschlafen eigentlich, danke auch der Nachfrage, dürfe er den Herren etwas anbieten, Tee oder Kaffee vielleicht. Er habe nur leider keine Milch im Haus, da müsste er kurz rausspringen. Worauf er über diesen Scherz verlegen lachte, der Schlicht, allein. Dann erst mal unangenehmstes Schweigen. Bis endlich der Inspektor das Eis doch brach: »Es war einmal ein kleines Knäuel, ein Fellgetier, und sagten sich die andren Tiere, seht es euch an, wie's faul dort in der Sonne liegt. Dabei ist doch schon Herbst. Sagen sie, die andren Tiere. Es ist noch lau, ja, doch da die ersten Blätter fallen bereits von ihren Bäumen. Sollt nicht ein solches Fellgetier um diese Jahreszeit die besten Eicheln, Nüsse, Samen sich in seinen Bau reinschaffen. Sammeln, was es kriegen kann. Hat, wenn der Winter noch so lang, dann einen Vorrat es, das Fellgetier, von dem es zehren kann. Sagen sie, die andren Tiere. Und geht eins von den Tieren hin zu ihm, dem faulen Fellknäuel. Stupst es auch an und sagt zu ihm, dass es jetzt Zeit. Dass es jetzt wieder diese Zeit im Jahr, wo auch die Tage langsam kürzer. Bis sie, die Dunkelheit, dann überwiegt. Na gut, sagt es, das Fellgetier, ich mach ja schon. Doch was es findet, frisst es im selben Augenblick. Lebt nur fürs Jetzt. Ein Morgen kennt es nicht. Und sollte doch schön langsam an die Zukunft denken. Die frostig wird. Das merkt man schon. Liegt Reif schon auf den Wiesen, morgens jeden Tag. Und sagen sie, die andren Tiere, dass es jetzt wirklich allerhöchste Zeit. Es riecht ja schon nach Winter. Riechst du es nicht? Doch nichts, stopft voll sich, es, das Nagetier, und ist der Bauch erst voll genug, hat's keine Sorgen mehr. Sieht nicht den Winter schon ins Land reinrollen, macht nur, wozu es Lust, das blöde Vieh, sagen sie, die andren Tiere. Und eines Abends, eines lauen Spätherbstabends, schläft es dann ein, merkt nicht, dass ringsumher schon eine Eile, Hektik unter all den Tieren wohnt, schlummert ein, träumt noch von Sommertagen, das dumme, kleine Fellgetier.

Und als es aus dem Sommertraum erwacht, spürt's eine Kälte, wie ein Schmerz, ein stechender. Da reißt es seine Augen auf. Weich und kalt und weiß ist die Natur um es herum. Eine gänzlich andre Welt ist das. Und glaubt erst noch, dass das ein Traum, ein böser Traum, der bald schon wieder wie weggeblasen. Und reibt die Augen sich, doch lässt der Winter sich nicht rauswischen, da aus den Augen raus. Und blickt sich um, das Nagetier hat keinen Bau und keine Nüsse mehr, irrt durch die Eiswüste. Kein Fressen, nirgends nicht. Verzweiflung macht sich breit in ihm, dem Fellgetier. Und stapft es durch den Schnee, zieht wirre Spuren, Kreise, sucht all die Plätze, an denen es doch gestern noch reichlich zu fressen hat gefunden. Begraben alles unter Eis und Schnee. Steht bibbernd, halb erfroren, steht es da, steht vor der Nagetiergemeinschaft, die kleinen Händchen voller Frostbeulen. Und sagen sie, die andren Tiere, wir haben's dir gesagt. Haben wir dir's nicht gesagt? Da kommst du angekrochen nun, um uns um unsren Lohn, die Früchte harter Arbeit dann zu bitten. Während du die letzten Sonnenstrahlen hast genossen, haben wir uns krumm geackert, damit du jetzt hier angeschissen kommst und uns anflehst. Da kullert eine Träne wie ein Eiswürfel über die Wange von dem Fellknäuel. Doch, sagen sie, was wären wir für Nagetiere, wenn uns das nicht auch rühren würd. Wenn wir dich frieren sehen und nicht helfen würden. Ist das ein Eiskristall da drin in unsrer Brust, sagen sie, die Nagetiere, oder ein Herz. Da bitten sie es rein, das Fellgetier, in ihren warmen Bau. Geben ihm zu essen und eine Schlafstelle da mitten unter ihnen. Und schlafen ein mit diesem wohligen Gefühl, ein gutes Nagetier zu sein. Schlafen friedlich, träumen Träume vom Frühlingsbeginn. Nur als am nächsten Morgen sie von einem seltsamen Geräusch geweckt, als sie dem auf den Grund gehen wollen, den Bau durchsucht, die Vorratskammer leer und sie das Fellgetier fett gefressen liegen sehen. Da wählt die Nagetiergemeinschaft, wählt einen unter ihnen aus, der sich nicht scheut, fürs Wohle aller, sich die Hände schmutzig auch zu machen. Der packt es jetzt, das Fellgetier, am Kragen, schleift es da raus vor ihren Bau. Da in die Winterlandschaft rein. Vor der es sich gerettet geglaubt, das dumme Vieh. Und hilft der dickste Pelz nichts mehr. Wenn es so klirrend, oder besser bitterkalt. Jetzt liegt es steif gefroren in dieser Schneelandschaft, in diesem Wintermärchen drin, kein weiches Knäuel mehr. Bricht es, das Fell, im Wind.«

Und brach nun auch diese Erzählung ab, die der Inspektor, in aller Ruhe und nötigen Eindringlichkeit, dem Schlicht erzählte, der immer noch in seinem Bett, da unter seiner Decke mit dem lächerlichen Kindermuster, lag, und hörte dem Inspektor zu. Der nun erklärte, dass der Herr Ministerialrat, dass der mit all seinen Qualitäten und ja auch Abgründen, sagte er, der Herr Inspektor, dass der als Ganzes ein unverzichtbarer Teil dieser, unserer Gesellschaft sei, ja, er möcht schon fast von einem Sockel sprechen, auf dem das alles hier gebaut, weshalb ihm auch besondrer Schutz zuteilwerde. Im Gegensatz zu irgend so einem dahergelaufenen Fellgetier, das noch um diese Zeit da auf der faulen Haut liege. Und gebe es da draußen einige, die ihn, den Ministerialrat, nur zu gerne angepatzt sehen würden, die seinen untadeligen Ruf befleckt sehen wollen, um ihn der öffentlichen Meinung zum Fraß dann vorzuwerfen. Ja, dass es in einem Land wie dem diesen, in dem es einer freien Presse erlaubt, so ein Privatleben da in den Dreck zu ziehen, da bräucht es doppelt so viel Schutz. »Mein Gott, wir haben alle unsre angefaulten Seiten, und hat nicht gerade der Ministerialrat Kerninger, der derart viel geleistet für unsere Gemeinschaft, hat nicht gerade er, dem es an lichten Seiten doch nicht mangelt, hat er nicht auch ein Anrecht, seine schattigeren Seiten auch zu haben.« Und könne in einer sogenannten Demokratie, in der wir uns hier nun einmal befinden, könne am Wahltag dieser Ruf, der angepatzte, dann entscheiden, und nicht die großen Taten. Er, der Herr Inspektor, werde darum nicht tatenlos zusehen, wie man versucht, den Ruf des Ministerialrats zu beschädigen. Ob er sich damit klar genug ausgedrückt habe. »Am Ende dieser Woche hat er, der Kerninger, sein Geld wieder zurück, und zwar die volle Summe.« Stand auf und ging zur Tür, stocherte kurz mit seinem lackbeschuhten Fuß in einer Sporttasche, die da am Boden, um einen Blick hi-

neinzuwerfen und sie dann knallend in die Ecke wegzuki-
cken. Und setzte nun noch einmal nach, dass er ansonsten
nicht in seiner Haut drin, da möchte er nicht drin dann stecken in der Haut von ihm, dem Schlicht. Woraufhin er, der
Herr Inspektor, über die Eingangstüre stieg, die ausgehebelt
da am Boden lag.

Und ließ er sich, der Schlicht, wieder zurück rein in die
Federn sinken, sackte erst einmal in sich zusammen, wollte
am liebsten auch in einen Winterschlaf verfallen, um dann
in einer ganz andren Jahreszeit erst wieder zu erwachen,
wenn Gras über das alles mal gewachsen. Doch riss er sich
noch mal heraus, damit er nicht vollends da in das Wintermärchen kippt. Es sah in dem Moment vielleicht doch etwas
düster aus. Aber gibt nichts, was sich nicht wieder einrenken
auch ließe, dachte er, der Schlicht. Und müssten ihm das
Geld, das abgeluchste, dem Ministerialrat nur zurück. Das
Geld, das sie zum Glück nicht sinnlos haben ausgegeben,
das Sabine gebunkert hatte an einem sichren Ort. Da sprang
der Schlicht, sprang raus aus seinem Bett, um hektisch nach
dem Telefon zu suchen, das unter Bergen schmutziger Kla-
motten. Fand es in seiner Sporttasche im Eck, zitternd tippte
er die Nummer ein. Nur dass die Teufel nicht rangegangen
ist. Und als die Woche Schonfrist dann vorüber und sie, die
Teufel, immer noch nicht abgehoben. Auch da in *Gittis Eck*,
keiner eine Ahnung, wo sie nur geblieben. Wie vom Erdboden verschluckt sei sie gewesen. Da hat er sich verflucht, dass
er so einen Pakt mit ihr, der Teufel, eingegangen. Es wurde
ihm schön langsam klar, dass er, der Schlicht, wie so ein kleines Vieh nun in der Falle steckte und es da kein Entkommen mehr. Da musste er, so schmerzhaft es für ihn gewesen,
musste er der Realität dann in die Augen sehen. Und hat
drum er das Geld, dass er dem Kerninger geschuldet, nun ra-

tenweis zurückgezahlt, zu denkbar schlechten Konditionen. Weil ihm nichts andres übrig mehr geblieben, nachdem die Teufel, die er doch für vertrauenswürdig hat gehalten, unauffindbar ist sie dann gewesen. Weshalb er nach wie vor die Runden da im Tiefkühlkosttransporter dreht und Überstunden abstottert, damit er irgendwann vielleicht raus aus dem Minus wieder kommt, dass er sich bei dem Kerninger hat aufgerissen.

Von innerem Reinigungsbedarf

Da hat man ihn, den Schlicht, gepackt, gezerrt, geschubst und äußert unsanft dann mit einem Schlag da in die Kniekehlen, dass seine Knie reflexhaft eingeknickt, hat man ihn hingesetzt auf einen Hocker oder Stuhl, er weiß es nicht genau, weil er ja immer noch nichts sieht mit diesem Sack da auf dem Kopf. Hört Schritte nur. Dann hinter ihm, ganz nah, wie ziepend jemand sich Handschuh aus Gummi überzieht. Und sich ganz nah da an sein Ohr ranschmiegt, um ihm hineinzusäuseln: »Schön, dass du zu mir zurück.« Und zuckt vom ersten Wort, vom ersten Laut schon zuckt es jetzt vom Ohr da durch den Körper von dem Schlicht. Sind doch nur Schwingungen. Wie ein Geigenbogen streicht die feuchte Luft über die Stimmbänder und durch das Anspannen der Muskel- und Gewebeschichten um die Stimmlippen herum, durch die Veränderung von Knorpeln und Gelenken entsteht da in der Stimmritze ein Schwingen, das durch den Artikulationstrakt rauf sich nun ausbreitet, vorbei an Zungengrund und Gaumenzäpfchen, vorbei an Mandeln und an Weisheitszähnen, bekommt die Stimme den Charakter, die er, der Schlicht, schon von dem ersten Laut weg als der Teufel ihre nun erkennt. Und reißt mit einem Ruck jetzt ihm den Sack vom Kopf, dass dann sein Blick da auf das Blutbad vor ihm fällt. Die Wände und der Boden rot beschmiert. Spuren schrecklicher Ereignisse. Und reckt es ihn, den Schlicht, kann nur mit aller Not verhindern, dass sein Mittagessen ihm noch einmal durch den Kopf geht jetzt.

»Das sieht jetzt auf den ersten Blick, sieht das jetzt schrecklich aus. Das geb ich zu. Das absolute Grauen. Blut da an der Wand. Und auch hier auf dem Teppichboden. Brocken Fleisch und Knochensplitter. Kann einem schon mal schlecht, kann einem da schon werden. Und war auch mir beim ersten Mal, um ehrlich jetzt zu sein, da war mir derart schlecht, dass ich mich fast dann. Na ja. Der Brechreiz ist ja nur natürlich. Allein dieser Geruch von Blut, das in der Hitze, entwickelt das so einen eigenen Geruch, so einen beißenden, der unsrem Körper sagt, Obacht: Gefahr. Und ist der Würgereiz nur das leibliche Signal, dass da in uns etwas getroffen, von dem Reiz, den der Gestank von Blut und Beuschel in uns hat ausgelöst. Und macht sich dann da drin, macht sich die Angst dann breit. Die Angst, dass wir die Nächsten, dass wir ja auch nur so ein blutgetränkter Brocken Fleisch, der da im nächsten Augenblick zerfleischt schon auf dem Teppichboden liegen könnt. Die Angst, dass wir schon angezählt. Und dreht die Angst, dreht unsren Magen um, weshalb dann durch die Magendrehung bei uns erst mal ein Würgereflex. Ganz natürlich, wie gesagt. Und wissen wir in dem Moment vielleicht noch gar nicht, was das genau, was in uns dann vonstattengeht, weil vieles davon automatisch, oder besser halb automatisch, in uns drinnen binnen Bruchteilen von Sekunden sich ereignet, wenn uns dieser Geruch da in die Nase steigt. Und können wir nur mehr beobachten, was sie, die Angst, mit unsrem Körper macht, wie sie da in uns drinnen sitzt, da in den Leibern drin. Als wären wir nur ein Besucher, ein ungebetner Gast in unsrem eignen Leib. Das macht die Angst mit uns, hat sie erst Blut geleckt. Huch, jetzt wär ich fast da reingetreten.« Es kümmert sich die Firma

Schimmelteufel nämlich unter anderem auch um Tatorte wie diesen. Bereinigt, was von einer solchen Schreckenstat zurückgeblieben. Dass man kaum etwas mitkriegt mehr von all den Spuren dieser Grauenhaftigkeiten, die sich an einem solchen Tatort jüngst ereignet haben. »Nur, und jetzt hör gut mir zu, Franz, warum es weniger, das mit der Angst und diesem Brechreiz, vielleicht noch nicht beim zweiten oder dritten Mal, aber irgendwann dann mit der Zeit, wenn man so manchen Tatort schon wie diesen hat gereinigt, warum die Angst dann weniger und auch der Ekel, das hat mit der Erkenntnis halt zu tun, die sich von Mal zu Mal zu dieser Angst da drinnen in dem Körper dann gesellt. Nistet sich ein, die schreckliche Erkenntnis, von Mal zu Mal wird es gewisser, dass, so schlimm das alles ist, so dreckig, düster und abscheulich, hat man das alles mal gesehen, hat man, das heißt in diesem Fall jetzt ich, die Schimmelteufel, sich nach dem ersten Würgereflex, sich immer wieder die Ärmel hochgekrempelt, hat man die Hände schmutzig sich gemacht, dass dann dadurch auch eine Sauberkeit kann wieder Einzug halten. Und braucht es, auch wenn es schmerzt, auch wenn die Angst und auch der Ekel dir die Kehle immer wieder schnüren, braucht es doch diesen schmerzlichen Prozess. Und ist die Welt auch voller Schmutz, gibt es doch eine Reinigung. Und gibt es Kräfte in der Welt, die immer wieder sich drum kümmern, dass alles dann ins Reine. Wie Ameisen den Waldboden von all der Fäulnis und Verwesung aufs täglich Neue sie befreien, so wirk auch ich. Ich bin die Ameise der Welt. Ich bin ein ganzer Haufen.« Und während sie das sagt, sieht immer wieder man den Goldzahn blinken zwischen ihren Lippen, als würd sein goldner Glanz, würd ihre Rede noch mal unterstreichen, ihr einen tieferen, tiefenreinigenden Wert beimengen. Und Schlicht, der sich noch immer nicht gerührt, weil sie mit Kabelbindern ihn gefesselt, meint nur, dass sich der Aufwand nicht gelohnt, ihn hier als Kunden anzuwerben, er habe nämlich rein gar kein Reinigungsbedürfnis. Denn was er gern bereinigt hätt, das liege schon zu lang zurück, und dass man sich da aus dem Jetzt heraus, in dem sie sich gerad befinden, es rückwirkend wohl kaum vom Tisch mehr wischen könnt.

Er hatte nämlich damals die Schimmelteufel aufgesucht, als etwas Zeit verstrichen. Als er erfahren, dass sie nun unternehmerisch tätig geworden sei. Wollt sie nicht wiedersehen erst, nachdem sie ihn hat in die sogenannte Scheiße reingeritten. Nur hat es keine Ruhe ihm gelassen, hat müssen Klarheit sich verschaffen, was denn mit all dem Geld passiert, das sie dem Ministerialrat hatten abgenommen. Und als er dann vor diesem Firmenschild gestanden ist und diese Putzflotte gesehen hat, die sich die Teufel aufgebaut, hat er sich nur gedacht, es muss die Schimmelteufel wohl ein Händchen haben, ihr Kapital so gut zu investieren. Da hat sie sich gemacht, wie man so sagt, und weiter hat es da gedacht in ihm, wollen doch mal sehen, wozu sie sich gemacht. Nur dass der Schlicht kurz drauf, nicht mit dem Wirtschaftshändchen von der Schimmelteufel sondern mit ihrem Wirtschaftsfuß Bekanntschaft hat gemacht, weil man da in der Wirtschaft nicht nur Händchen, sondern beizeiten auch den Fuß gebrauchen muss, um nach unten dann zu treten. Und hielten da im Lagerraum, am Boden zwischen Putzmittelkanistern, hielten der Harald und der Norbert ihn fixiert. Und sie, die Schimmelteufel, über ihm, dem Schlicht. Er solle sich hier unter keinen Umständen mehr blicken lassen. Und hat sie dann, die Teufel, mit ihrem Fuß diesem Verbot, hat sie dann Nachdruck oder besser Nachtritt noch verliehen. Und hat die Schimmelteufel ihn mit einem Fußtritt damals da aus ihrem Leben, oder besser ihrem Geschäftsleben, befördert, weil hat sie halt nicht brauchen können jemanden, der da nach Jahren Ansprüche vielleicht noch stellt. Weil es da auch nichts hat gegeben, was man beanspruchen hätt können.

Es ist nämlich der Kerninger, ist auch nicht auf den Kopf gefallen, und konnt sich recht schnell denken, wer ihm, dem Schlicht, hat diesen Tipp zu seinem Christbaumschmuck gesteckt. Nur hat die Teufel da das Geld schon investiert gehabt, ihr Unternehmen schon gegründet. Und weil der Kerninger, wie schon gesagt, weil der nicht auf den Kopf gefallen, sondern im Gegenteil ein ziemlich gewieftes Köpfchen, drum hat er sich gedacht, so unangenehm die Lage, in die die beiden ihn gebracht, warum nicht sie zu seinem Vorteil nutzen. Sie solle sich nur ja nichts darauf einbilden, dass er, wenn er es wollt, könnt er auch jederzeit sie wieder da in diesen Staub, aus dem sie aufgestanden ist, könnt er sie wieder runterzerren. Wenn sie auch nur dran denke, ihn noch einmal zu hintergehen, dann drücke er ihr das Gesicht da in den Staub zurück, wo eine Putzkraft nun mal hingehöre. Wie es der Zufall grade wolle, treffe es sich aber gut, dass sie mit seinem Geld ein Reinigungsunternehmen hat gegründet, weil er so manches hätt, was er reinwaschen wolle. Und so wusch eine Hand die andere, und sie, die Schimmelteufel, wusch all das Schwarzgeld rein, das er, der Kerninger, da in ihr Unternehmen hat getragen. Und reibt mit einer Bürste jetzt den Teppichreiniger da rein in diesen Teppichboden, der schäumt und sich mit diesem trocknen Blut zu rosaroten Schaumwölkchen vermischt, während sie dem Schlicht das alles schildert. Weshalb sie ihn, den ehemaligen Komplizen, hat damals nicht mit offnen Armen willkommen heißen können, weshalb sie gar nicht anders konnt, als ihm den Fußtritt zu verpassen, ihm, der sie ja erst in diese Zwickmühle gebracht. Und gibt sie jetzt dem Harald stumm ein Zeichen, der nur darauf gewartet, dass er mit diesem Messer da an seinem Gürtel den Schlicht von seinen Kabelbinderknebeln dann befreit. So dankbar sie auch sei, die Schimmelteufel, dass er, der Kerninger, sie nach wie vor nicht hat da wieder in den Staub zurückgetreten, muss sie doch sagen, dass es, das Waschen von der Schmutzwäsche der anderen, wenn man sich doch hat endlich zu einer Selbständigkeit wollen aufschwingen, dass einen dieser Schmutz des Kerningers, der keine Aussicht auf ein bisschen Sauberkeit, dass sie dem Schmutz schön langsam überdrüssig. Das sei, als würde man die Wäsche zum Waschen runter in den Sumpf, um sie im Dreck des Moorwassers zu waschen. Und hat sie sich, die Schimmelteufel, hat sich drum überlegt, wie sie sich wirtschaftlich auf eigne Füße stellen könnt. Und hat von einer guten Quelle, für gutes Geld, hat sie sich einen guten Tipp gekauft. Und wenn man dieser Quelle trauen kann, die ihr, der Schimmelteufel, noch nie auch nur den kleinsten Grund für Zweifel hat gegeben, dann haben der Kerninger und er, der Doktor Schauer, haben etwas Krummes da am Laufen. Sie wisse nichts Genaueres, weshalb sie ihre treusten beiden, den Harald und den Norbert, er erinnere sich wohl, auf ihn, den Schauer, angesetzt. Nur dass sich dieser, wie die beiden ihr berichtet hätten, habe sich der Schauer in Luft aufgelöst, verdünnisiert, verflüchtigt. Doch dass im selben Augenblick, als er verschwunden, ein alter Bekannter dann die Leinwand hätt betreten, nämlich er, Franz Schlicht. Da frage sie sich schon, ob das ein Zufall sei, weil daran glaube sie ja nicht, dass es so etwas gibt wie einen Zufall. Da habe sie die Wirklichkeit, habe sie da eines besseren belehrt, dass man nur Zufall mangels bessern Wissens sagen würd, doch hätte man einmal die Hintergründe eines sogenannten Zufalls auch durchschaut, dann wisse man es meistens besser. Und hat sie sich gedacht, warum sich selber Fragen stellen, auf die man keine Antwort finden kann, und grübeln müsst, was da die Hintergründe, wenn man doch ihn, den Schlicht, höchstpersönlich fragen könnt, was es mit dem Verschwinden von dem Schauer und dem Auftauchen von ihm, dem Schlicht, was das denn für eine Bewandtnis hätt. Und widmet wieder sich den Flecken an der Wand, schabt erst mit einer Kelle die groben Reste runter, um diese dann da in den Plastikbeutel reinzupacken. »Franz, spuck's aus, was hast du mit dem Schauer denn zu schaffen?« Und weiß er jetzt, der Schlicht, zumindest, aus welcher Richtung dieser Wind und dass das alles mehr als faul. Er wolle rein gar nichts mit all dem zu schaffen haben. Der Schauer sei ein Kunde nur von ihm. Tiefkühlkost, Rehragout, mehr nicht. Und schnippt die Teufel jetzt, dass Harald noch mal näher tritt an sie. »Sag, was du mir erzählt. Das mit der Tochter.« »Dass ich ihn mit der Tochter.« »Ja, aber wie?« »Wie?« »Ja, wie du sie gesehen?« »Ja zusammen.« »Ja, aber welches Wort hast du …« Das wisse er jetzt nicht mehr, welches Wort. »Vertraulich, hast du doch gesagt, dass du die beiden sehr vertraulich hast gesehen.« »Ja, jetzt, wo Sie, Frau Chefin, es gesagt, da fällt's mir wieder ein, vertraulich, sehr vertraulich sogar.« Und wird nun Schlicht doch etwas ungehalten. Wenn sie und ihre beiden Putzkraftlackl da sonst nichts vorzubringen hätten, dann werde er jetzt gehen, weil ihm das alles hier zu blöd, das habe er auch Schauers Tochter, er wolle von all dem nichts wissen. Und unterbricht ihn jetzt die Schimmelteufel, ob er sich nicht gefragt, warum sie ihn hierherbestellt, dass das doch auch noch einen tiefren Grund, weil wenn er Faxen macht, dann würden sie ihn hier fein säuberlich verschnürt zurücklassen. Und würd sie dann den Herrn Inspektor, »ihr hattet

schon die Ehre, soweit ich weiß«, mit dem sei nämlich sie
vertraulich und würd ihm einen Tipp vielleicht. Und könnte
er, der Schlicht, mal sehen, wie er sich da dann raus würd
wieder winden. Und fährt erst recht jetzt aus der Haut, der
Schlicht, dass das so lächerlich, Schauers Tochter habe ihn
gebeten, den verschwundnen Vater aufzufinden, weil er der
Letzte, der mit ihm Kontakt. Er habe aus irgendeinem gottverdammten Pflichtgefühl heraus, habe er verpflichtet sich
gefühlt, dass ihm nun aber jegliches Gefühl schon längst abhanden ist gekommen und man ihn bitte nicht mehr reizen
solle. Und herrscht nach diesem Ausbruch nun Totenstille
da in dem Büro, in dem vor kurzem erst so ein Gewaltver-
brechen wurd begangen. Der Norbert, der schon einen
kleinen hölzernen Schlagstock aus der Tasche hat gefischt,
lauert wie ein Raubtier auf den Befehl von ihr, der Chefin,
die Augen zwei Schlitze nur, damit ihm keine auch noch so
kleine Geste von der Teufel kann entgehen. Und kurz bevor
das Schweigen brandgefährlich wird, meint sie, die Schimmelteufel, nur: »Nun gut. Entspannen wir uns alle jetzt mal
wieder. Egal, was sie dir zahlt, ich zahl das Doppelte. Wenn
du den Schauer aufgespürt, bringst du ihn erst einmal zu
mir. Kapiert?« Und nickt er jetzt, der Schlicht, weil dass er
heute Nacht da in der Blutlache noch liegen sollt, mit dem
Gedanken kann er sich nicht wirklich anfreunden. Bevor er
aber noch für sich hat eingeordnet, was dieses Nicken denn
in aller Tragweite bedeuten wird, da haben ihn die beiden,
der Harald und der Norbert, schon wieder gefasst unter den
Armen und ihn aus dem Büro hinausbefördert, im siebten
Stock von dem Bürokomplex. Und steht kurz drauf schon
wieder in diesem nächtlichen Gewerbepark, irgendwo da an
der Peripherie, auf halbem Weg von Nirgendwo zum Flughafen. Und während er da durch die Nacht irrt, den Weg zu-

rück wieder zu finden, denkt er noch mal daran, zu was die Schimmelteufel sich gemacht. Und dass wohl manche, wenn sie das Schicksal da in ihrer eignen Hand, da greifen sie zur Brechstange.

Der Ministerialrat
und das Endlosgulasch

»Den Mund weit auf. Den Kopf ein Stückchen weiter noch zu mir. So ist es gut, jetzt kommt ein kleiner Stich. Dann warten wir, bis es dann wirkt, das Mittel. Bis sich so eine Taubheit eingestellt«, und sucht der Kerninger, sucht den Plafond da über ihm nach einem Punkt, nach einem Fleck, nach irgendetwas ab, woran sein Blick sich halten könnt. Doch findet nichts da an der weißen Decke. Selbst sie, die Deckenleuchte, diese runde, verschwindet vor dem weißen Hintergrund. Und auch sein Blick verliert sich jetzt da in den Tiefen von dem Weiß, während das Betäubungsmittel tiefer rein in seine Wange dringt, einsickert ins Gewebe und sich schön langsam ein Gefühl von Bamstigkeit da drinnen in den feisten Backen von dem Kerninger einschleicht. Und scheint es ihm, als würd das Weiß der Decke, als würd es näher kommen, als würd es sich da auf die Augen legen von dem Kerninger, was auch dran liegen könnt, dass sie, die Zahnärztin, am Anästhetikum nicht hat gespart und es nun gar nicht so lokal und diese Taubheit sich globalisiert da in dem Körper von dem Kerninger. Und tauchen aus dem Weiß der Decke, tauchen jetzt Erinnerungen auf, da raus aus ihr, der weißen Decke, und rein da in den Kerninger hinein, erinnert sich an seinen letzten Skiurlaub, an wampstig weiche Schneepolster, an Fichten, die sich unter ihrer Last schon krümmen. Und an den Schneesturm, in dem er beinahe umgekommen wär, der

Kerninger. Alljährlich, in der Winterzeit, verbringt nämlich der Kerninger, dem Politalltag entfliehend, zwei Wochen mit der Kernfamilie, der Frau und seinem Töchterchen, dort in den tiefsten Alpen drin. Diese zwei Wochen, die heiligen zwei, braucht er, um sich nach all dem Hickhack seiner Tätigkeit dann wieder einzusammeln. Sich Stück für Stück wieder zusammen dann zu setzen. Um sich von Schnee und frischer Luft wieder gestärkt ins politische Gefecht zu schmeißen, ins parteipolitische Gemetzel. Und hat er manchmal das Gefühl, als würd er sich ein bisschen von dem Schnee mitnehmen in die Stadt, der ihm dann hilft bei aller Hitzigkeit, doch einen kühlen Kopf noch zu bewahren. Als würd er noch bis in den Hochsommer hinein von diesem Schneevorrat da in ihm drin, von diesem Kältepol in seiner Mitte, zehren. Nur wenn wie jetzt die Hundstage nicht abreißen und ein Tag heißer als der vorige, dann apern auch die letzten Schneeflecken da auf der Seele von dem Kerninger. Und merkt, wie es ihm schwerer fällt mit jedem Jahr, da wieder runter dann ins Tal zu finden. Irgendwann vielleicht bleibt er dort oben, in den tiefsten Alpen, im ewigen Eis, denkt er, der Kerninger. Drum fällt ihm auch der Großvater jetzt ein, der Eisschneider gewesen war. Auf zugefrorenen Seen, Kanälen und auf alten Flussarmen schnitt er das Eis, mit langen Sägen in die Eisdecke hinein, schnitt es zu Blöcken er, der alte Kerninger. Die man mit Zangen aus dem Wasser zieht, stapelt sie, die Eisernte, um sie dann auszuliefern, in die Keller all der Gastwirtschaften. Weil man, bevor der Kühlschrank dann erfunden wurd, die Lebensmittel und das Bier doch kühlen musste auch, und war der Keller unter einem solchen Wirtshaus, war der nur gut genug gedämmt und er, der Wirt, so schlau, dass er nicht ständig hin und her und Tür auf, Tür zu, dann hielt das Eis, das von dem Großvater dort eingelagert, dann hielt es drin im Keller kühl, bis in den Sommer rein. Und denkt nun auch der Kerninger, der immer noch wie festgefroren im Zahnarztsessel drinnen liegt, die Zahnärztin da über sich, muss er, der Kerninger, jetzt an die blaue Nase von dem Großvater noch denken, und dass er sich als Kind gedacht, dass diese blaue Knolle da in Großvaters Gesicht, wie eine Frostbeule da zwischen seinen Augen, dass die vom Eisschneiden gekommen ist, von dieser frostig kalten Arbeit, weil doch das Wasser und die Temperaturen weit unter null, die hinterlassen ihre Spuren, hat er sich da gedacht. Doch heute ist ihm klar, dass wenn man so viele Wirte kennt, wie er, der Großvater, dass man dann zwangsläufig, auch ohne Eisschneiderei, dass man so eine blaue Nase kriegt. Und hat der Großvater auch da noch, als schon der Eisschrank seine Zunft hat abgelöst, als man bequem die Kühlschranktür hat öffnen können, um an ein kaltes Bier zu kommen, und nicht stundenlang Natureis ernten musste, konnt er, der Großvater, das Fahren zu den Wirtshäusern nicht lassen und ist, obwohl er längst schon arbeitslos, die alte Tour, nur ohne Eis. Von Wirt zu Wirt. Und meinte er, der alte Kerninger, dass er so einen Brand im Innren hätt, der sich halt leider von dem maschinell gekühlten Bier nicht löschen lässt.

Und sieht jetzt er, der Kerninger, da von der Decke dieser Zahnarztpraxis draußen in der Vorstadt, sieht er von dieser weißen, weißen Decke riesenhaft die blaue Knollennase seines Großvaters herunterbaumeln und denkt in sich, was immer in der Spritze war, es wirkt. Es setzt nun sie, die Zahnärztin, den Bohrer an, da an den Backenzahn vom Kerninger, dort, wo der Zahnschmelz angefault und sie, die Karies, sich schon hineingefressen hat durch Schmelz und Zahnbein durch bis auf den Nerv, der sich entzündet. Wo sich das Fäulnisnest versteckt, setzt sie den Bohrer an, bohrt sich nun durch, durch all die Schichten, um einen Zugang sich ins Innere des Zahns zu legen, da an die Wurzel des Problems heranzukommen. Dort, wo er drinnen sitzt, der Schmerz. Und reicht ihr jetzt die Assistentin einen zweiten Bohrkopf, der brummend sich nun tiefer in den Zahn reinschraubt und das Vibrieren sich in Wellen durch den Kiefer von dem Kerninger fortsetzt, der ganz in diesen Schneesturm aus Erinnerungen abgedriftet grad, nur weißes Rauschen sieht er mehr, der Kerninger, wie letztes Jahr, als er dort im Gelände, fernab der gut markierten Pisten, tief drinnen in den Alpen, von dieser Plötzlichkeit des Schneesturms überrascht, schlagartig nur mehr Weiß um sich. Und wie ihm da in dieser weißen Hölle, da in der absoluten Orientierungslosigkeit, wie seine eigne Phantasie da mit ihm durchgegangen und ihn dann doch gerettet, weil, als ihm jeder Anhaltspunkt abhanden schon gekommen war, nichts mehr, woran der Blick von ihm sich hätte halten können, um sich daran dann runter, ins Tal hinunter wieder sich zu ziehen. Da in der Ausweglosigkeit, wo andere sich nur im Kreis mehr drehen würden, hat er sich dann, der Kerninger, hat sich so einen Ausweg phantasiert. Und hat schon alle Hoffnung fahren lassen, hier lebend wieder rauszukommen, als Eisblock sich bereits gesehen, den steif gefroren man ins Tal hinunterträgt, wenn man nicht überhaupt ihn erst im Frühjahr nach der Schneeschmelze gefunden hätt. Nur kam es etwas anders dann, als er schon ihn, den weißen Tod, ganz nah gespürt. Sah er dort zwischen Schneeverwehungen und Nebelbänken dann plötzlich, wie aus dem Nichts, ein Reh, sonst alles Weiß in Weiß, nur da ein Reh mit einer blauen Nase, einer leuchtend blauen Nase da drin im Rehgesicht. Und ist drauf zu, immer der blauen Nase nach, und hat ihn dann, wie durch ein Wunder, hat ihn das Reh — Einbildung oder nicht —, hat ihn dann vor dem Tod bewahrt. Ist diesem Reh mit blauer Nase nachgelaufen, bis er es brummen hörte, brummend dann die Seilbahn wieder hat vernommen, von der er sich gefährlich weit entfernt. Dort an dem Rand der Skipiste hat ihn ein Skilehrer dann halb erfroren aufgefunden. Und konnte er, der Kerninger, im örtlichen Spital, schnell wieder auf die Beine gestellt dann werden, so dass er keine Woche später, voll einsatzfähig wieder, in der Parteizentrale eingetroffen. Nur etwas blieb in ihm, dem Kerninger, zurück, als hätt sich irgendwas da in ihm leicht verschoben, als hätt sich was entrückt, vielleicht kristallisiert da drin in ihm, vielleicht eine Gewissheit, dass nichts wirklicher als unsre Einbildung, ja, dass wenn überhaupt uns etwas retten kann, in diesen politisch orientierungslosen Zeiten, dann sei es unsere Einbildungskraft. Und hat er sich gesagt, wenn reine Fakten keine bessere Wirklichkeit hergeben, dann müssen wir uns unsre Wirklichkeit einbilden, bis irgendwann die Fakten folgen werden. All das, womit wir es in dieser sogenannten Wirklichkeit zu tun hätten, seien sowieso nichts andres als statistische Größen, eine reine Frage der Interpretation. Und hat sein Hirn, sagt er sich da, der Kerninger, dass da in dieser faktisch ausweglosen Lage im tiefsten Schneesturm in den tiefsten Alpen drin, sein Hirn das einzig Richtige gemacht, sich seine eigne Wirklichkeit kreiert.

Und hat auch die Dentistin nun den Zahnwurzelkanal gereinigt und kann fürs Erste wieder er verschlossen werden, dieser Zahn. Und auch der Kerninger scheint, zwar noch recht verdutzt, doch wieder da in ihr, der Zahnarztpraxis, angekommen. »Jetzt erst mal spülen. Drei Tage kann der Zahn noch schmerzen, schreib Ihnen ein Rezept. Die nächsten Stunden bitte noch nichts essen, bis die Taubheit nachgelassen.«

Es schleicht der Kerninger, schleicht ungesehen sich ein

Stockwerk höher, macht, bevor es weitergeht, noch einen kurzen Stopp dort an dem Arbeitsplatz, wo über eine Zahnprothese gebeugt, mit Lupenbrille im Gesicht, sie, die Astrid, sitzt. Und schiebt die Brille mit den dicken Linsen etwas tiefer auf die Nase, um dann drüber hinweg den Kerninger besser zu sehen, der verstohlen wie ein kleiner Bub, gefangen im Körper eines alten Mannes, vor ihr steht. Blickt sich schnell noch mal um, ob ihn auch niemand hat entdeckt und Astrid ganz allein da in der Werkstatt drinnen sitzt. Weshalb auch sie nun meint, ob er verrückt, dass man ihn unter keinen Umständen hier bei ihr sehen dürfe. Er könne halt nicht anders, irgendwas da in ihm habe ihn gezwungen. Und während er sich ziert, als wär er noch mal fünfzehn, streichen seine Finger zittrig über diese glattpolierten Zahnprothesen. Betastet sie mit seinen Fingerkuppen. Um dann endlich auch zu fragen, ob sie in nächster Zeit, ob sie für ihn einen Termin habe, es wäre dringend. Es hat nämlich der Kerninger, hat schon seit mittlerweile über einem Jahr, hat regelmäßigen Kontakt zu ihr, der Astrid. Sie habe morgen Zeit, da lasse sich auch kurzfristig was einrichten. Sie gebe ihm heut noch Bescheid, ob das dann fix.

Und schiebt sein deutsches Kraftfahrzeug mit den getönten Scheiben, schiebt nun den Körper von dem Kerninger, der immer noch halbseitig taub da an den Backen, schiebt ihn wieder in Richtung Stadtzentrum. Und während sie, die Fahrgastzelle, mittels intelligenter Technologie versucht, über die Folgen dieses Klimawandels, die da draußen bei fast vierzig Grad im Schatten wüten, versucht, drüber hinwegzutäuschen, indem dort in ihr drin, der Fahrgastzelle, ein personalisiertes Mikroklima herrscht, bei angenehmen 24 Grad, blickt er, der Kerninger, jetzt raus auf seine Stadt. Und biegt der Wagen geräuschlos ein jetzt auf die Zubringer, Stadttangenten, Unterführungen und Brücken, auf Knoten, die ins Innerste der Stadt ihn führen. Und sieht der Kerninger, sieht nicht nur eine Stadt, sondern gleich zwei, die Stadt, wie sie jetzt ist und wie sie noch sein könnte. Sieht neben ihr, der aktuellen Stadt, noch eine zweite Stadt der Möglichkeiten. Wie so ein Orthopäde schaut der Kerninger sie an, die Stadt, sieht, wo die Beine, die Arme, ja all die Körperteile dieser Stadt, noch krumm, verwachsen, wo man der Stadt die Knochen brechen müsst, um sie dann schienend zu begradigen. Weil halt ein jeder so ein Bild von dieser Stadt da drin im Kopf, nur dass das nicht von selbst, natürlich wächst ein Stadtbild nicht, das muss man pflegen, planen und vor allem gegen alle Widerstände dann auch durchsetzen. Und braucht es einen Blick, der da von außen auf die Stadt, und sich auch einschreibt, da in sie, die Stadt, der sie erkennt in ihrem Werden. Und gleitet seine Limousine den Kanal entlang, der kaum noch Wasser führt. Bis hin zu jener Gastwirtschaft, in der er sich verabredet mit dem Parteifreund zu einer informellen Unterredung.

Besagtes Gasthaus ist eine jener Inseln in der Zeit, wo sich auf wundersame Weise eine Vergangenheit hat konserviert. Freilich nicht ohne über all die Jahre etwas an Farbe und Kontur auch einzubüßen. Dennoch hat man hier das untrügliche Zeitgefühl, fünfzig Jahre zurückversetzt zu sein, hat man die Schwelle zu der Gastwirtschaft erst einmal übertreten. Und denkt in sich, der Kerninger, obwohl es sich inmitten eines Stadtbezirks befinde, der schon seit längerem von jener Bevölkerungsschicht geprägt, die ihre Lebensform mehr kuratiere, als sie auch auszuleben, jener Schicht, zu der der Kerninger auch seinen Schwiegersohn in spe rechne, der irgend so ein Amalgam aus Kunst und Medien und Marketing für seine Zukunft halte, der ihn, den Kerninger, nur als den alten Weißen zu bezeichnen pflege, bleibe dieses Beisl doch von derlei Schwiegersöhnen unbesucht. Und nimmt der Kerninger jetzt an dem Tisch da in der Ecke Platz, an dem er immer sitzt. Und muss nicht in die abgewetzte Speisekarte, in die Ledermappe mit zerschlissnen Klarsichtfolien reinschauen erst, weil er, der Wirt, der Leopold, gerufen Poldi, schon weiß, wenn er, der Kerninger, bei ihm einrollt, was dann zu tun ist. Und hat er ihn auch jetzt gesehen, ihn, den Kerninger, und dreht am Absatz sich schon Richtung Küche, um dort am Gulaschtopf nach diesem großen Schöpfer dann zu greifen, um eine Portion da in den weißen Teller dann zu gießen und ihn mitsamt dem reschen Salzstangerl da in den Gastraum dann zu tragen, dort an den Stammtisch von dem Kerninger. Das dampfend heiße Rindsgulasch ihm vor die Nase zu servieren. Und wundert sich der Poldi nun, warum der Ministerialrat nicht wie sonst da übers Rindsgulasch herfällt, als gäb's kein Morgen mehr. Es kommt der Kerninger doch nur aufgrund von diesem Rindsgulasch hierher, das von derart authentischem Charakter wie auch die Einrichtung. Man verstehe sich hier eben noch aufs Rindsgulasch, hat er zum Poldi schon vor ein paar Jahren mal gesagt, nachdem ihm dieser anvertraut, dass sie es hier, das Rindsgulasch, noch nach der alten Art, wie es der Großvater auch schon gemacht. Nämlich, dass man, wenn er, der Kessel, schon fast leer, wenn nur mehr knapp eine Portion sich da am Boden von dem Kessel befinde, dass man dann nicht den Kessel ausleere und gar wasche, wie es andre Wirte tun, nein, das neue Rindsgulasch, dann in den Resten von dem alten. In den Überbleibseln da im Kessel gare man dann all die frischen Zutaten. Aber die Basis bleibe immer bestehen. Man schneide nur dazu hinein, was es so braucht, um dieses Rindsgulasch wieder komplett zu machen, weil doch da in den Resten noch so viel Geschmack, den man doch nicht verschwenden dürfe. Und trete so das alte Gulasch mit dem neuen in einen Dialog, am Ende dieser Gulaschdialektik stehe ein Synergieeffekt, der die Geschmacksknospen da auf den Zungen seiner Stammgäste dann auf das angenehmste stimuliere. Ihm, dem Poldi, fehlten zwar jegliche Beweise, aber sofern das Wort von seinem Großvater, Gott hab ihn selig, noch etwas zähle, gehe diese Tradition zurück bis auf den Sieg über Napoleon bei Aspern draußen, damals habe ein Ururahn von ihm, dem Poldi, den ersten Kessel aufgesetzt, und haben all die Generationen von Rindsgulaschköchen bis zum heutigen Tag das Feuer unter diesem Topf nicht ausgehn lassen. Und immer nur dazugeschnitten, jede Generation habe sich in diesem Rindsgulasch verewigt, ihn nie aber gänzlich ausgeleert. Ja, dass in diesem Teller, den er da vor sich habe, auch eine homöopathisch kleine Essenz, über die Jahrhunderte immer wieder durch neue Zutaten verdünnte Essenz, von diesem ersten Gulasch sich befinde, das sein Ururahn im Jahre 1809 hat aufgesetzt. Dass dieses Gulasch wie eine Matrjoschka-Puppe sich bis in das Unendliche fortsetzen würde. Und steht nun da am Ende dieser langen Kette der dampfend heiße Teller Rindsgulasch auf diesem Tisch vor ihm, dem Kerninger, der sich ob seiner halbseitigen Taubheit im Gesicht noch immer nicht recht traut, jetzt zuzuschlagen. Und ihm da gegenüber hat sein Parteikollege Platz genommen, der nur ein Seiterl vor sich hat, weil er schon in der Ministeriumskantine einen faschierten Braten hat gegessen, der auch wie aus dem 19. Jahrhundert geschmeckt habe, nur unverdünnt. Und schiebt der Kerninger das Rindsgulasch zur Seite, um sich ein Stück jetzt übern Tisch zu beugen. Und flüstert ihm, dem Kurt, jetzt zu: »Buy to leave.« Ob er davon schon mal gehört. In London wär das groß im Kommen. Man verkaufe nicht mehr Wohnraum, sondern vielmehr die Idee von Wohnraum. Ja, in London würde der Wohnungsmarkt grad revolutioniert, aber hier wohne man ja noch immer hinterm Mond, was das anbelange. Der Wohninvestor kaufe Wohnraum ja nicht als solchen, sondern als abstrakten Wert, den er sich konservieren will, bis er den Wert dann wieder abschöpfe. Die Wohnungen, die so entstehen würden, würden bezugsfertig versiegelt, bis dann die Geldgeberin oder er, der Geldgeber, entscheiden würden, was denn mit diesen Wohnungen überhaupt passiere. Bis dahin aber halte man sie in einem Zustand reiner Potenzialität. Das klinge erst mal abwegig, nur sieht man erst, was so ein Großinvestor, was der in Infrastruktur auch investiere, was an Umwegrentabilitäten durch so ein Großprojekt sich dann eröffnen würde, »ich mein, das muss ich dir, Kurtl, ja nicht erklären.« Und würde man doch hier in dieser Stadt beileibe nicht zu wenig in den sozialen Wohnbau investieren. Er hätte Kontakt geknüpft zu einer Oligarchin mit, wie es so heißt, guten Verbindungen da in den Kreml. »Erste Liga, Kurtl, erste Liga.« Es sei zum heutigen Zeitpunkt, sei es rein rechtlich noch möglich, über zypriotische Firmenkonstruktionen, also Briefkastenfirmen da in Zypern, auf EU-Boden sozusagen, auch noch hier in Wien zu investieren, das müsse man ausnutzen, bevor so Lücken für immer sich dann schließen werden. Und würde sich politisch der Wind in solchen Dingen schneller drehen, als man meint. Nun gut, dann sei zumindest das Investment mal getätigt und die Wohneinheiten würden ihrem eigentlichen Verwendungszweck erst recht zufallen. »Win-win, Kurtl, Win-win.« Und merkt er jetzt, der Kerninger, wie es da drin in ihm, in seiner Mitte schlottert, wie ein Beben durch den Leib, mit Epizentrum drin in seinem Magen, weil er heut außer einem Butterkipferl in der Früh noch nichts gegessen hat. Drum quälend jetzt das Magenknurren. Und hat der Kerninger, weil er sich so in Rage hat geredet, vor Ärger über diesen Immobilienmarkt, den hiesigen, hat er drum ganz vergessen auf die von dieser Spritze noch immer taube Wange. Und greift jetzt nach dem Teller mit dem Rindsgulasch, brockt sich da von dem Salzstangerl hinein. »Wie es der Zufall will, habe ich gerade Wind bekommen, von Gründen da im Süden, gute Anbindung, sowohl zu Flughafen wie City, das Mediaquarter einen Steinwurf nur entfernt. Das ließe sich schon anregend verpacken. Gründe, die sich für so ein Bauprojekt geradezu aufdrängen würden.« Und schaufelt gierig sich der Kerninger das Rindsgulasch aus diesem bodenlosen Topf in seinen Mund hinein, und während er erzählt von all den staubdicht abgeklebten Wohnungen, die da im Süden auf der Simmeringer Haide dann entstehen könnten. Wie man es als ein Aufwertungsprojekt da für das ganze Eck verkaufen könnt, wen man bei so etwas ins Boot und wer als Letztes davon erst erfahren dürft, da rinnt der rötlich braune Saft des Rindsgulaschs, rinnt ihm, dem Kerninger, da aus dem tauben Mundwinkel, ein rötlich braunes Rinnsal über seine Wange runter und tropft, das unendliche Rindsgulasch, tropft runter auf den Janker ihm, wo es dann in den Stoff reinsickert. Dass er, der Kurtl, kurz sich denkt, das war ein Schlagerl jetzt.

Vom Verschwinden

Und liegt noch da, liegt da in seinem Bett, schon wach.
Die Augen aber immer noch geschlossen. In seinem Kopf
ein Schmerz, ein bohrender. So liegt er da, der Schlicht,
die Augen immer noch geschlossen, weil er als Kind die
Angst gehabt, dass sie, die Welt, dass die von einem auf den
andern Tag verschwinden könnt, dass über Nacht sie, während er geschlafen und es nicht mitgekriegt, dass dann die
ganze Welt verschwunden wär und nur mehr er alleine da,
sonst nichts. Und hat er da als Kind gelegen und gewartet,
bis endlich er die Mutter hat gehört, dann erst hat er, der
kleine Schlicht, die Augen auch geöffnet, und jedes Mal war
die Welt dann wieder da und nicht verschwunden. Augen
auf und durchgeatmet, weil alles noch an seinem Platz.
Und während er aus seinem Kinderkörper rausgewachsen,
aus seinem Kinderbett und seinem Kinderleben, trotzdem
noch immer diese Angewohnheit, diese kindische, die Augen
nicht gleich nach dem Aufwachen wie andere weit aufzureißen, sondern erst mal abzuwarten, damit man sie, die Welt,
nicht noch verscheucht wie einen scheuen Vogel. Und auch
nach all den Jahren kein einziges Mal verschwunden sie, die
Welt, alles noch an seinem Platz. Wobei, wenn man es ganz
genau, wenn man jetzt pingelig sein will, muss man schon
sagen, dass eine Sache doch verschwunden ist, irgendwann
zwischen zwei Tagen, in einer unscheinbaren Nacht muss
sie verschwunden sein, die Angst von ihm, dass sie, die Welt,

verschwinden könnt, weil war die Welt, nicht immer war sie ihm so wohlgesonnen, als dass er sich von Zeit zu Zeit nicht auch gedacht, soll sie verschwinden doch und ihn in Ruhe lassen. Weshalb er angefangen hat, die Zeit, da zwischen Aufwachen und Aufschlagen der Augen, dieses Dazwischen zu genießen, weil da die Welt noch unentschieden, ob sie verschwunden oder nicht. Und erst wenn er die Augen endlich dann geöffnet, dann erst entscheidet sich die Welt doch da zu sein wie immer. Und hasst der Schlicht es mittlerweile, wenn sie, die Welt, sich ihm zu schnell aufdrängt. Wenn da ein Auto hupt oder die Nachbarin im zweiten Stock schon wieder Schweinsbraten, dass es im ganzen Haus nach einer Welt voll Schweinsbraten dann duftet, oder die Sonne, diese gelbe Sau, die Augenlider ihm mit ihren Strahlen dann orange durchbricht. Oder eben wie heute, als er, der Herr Inspektor, wieder da an seiner Bettkante Platz nimmt. Bricht mit der Welt ins Haus, dass er, der Schlicht, aufschreckt und gar nicht anders kann, als seine Augen aufzureißen. Es tät ihm wahnsinnig leid, dem Herrn Inspektor, dass er sich derart reingeschlichen, da in die Wohnung rein, die seine, er habe diesmal auch die Türe ganz gelassen. Das seien sie ihm schuldig, bei all den Unannehmlichkeiten, die sie ihm schon bereitet hätten. Die Sache mit dem Kerninger, und hätt der Schlicht ja mittlerweile schon fast alles zurückgezahlt, mit Zinsen und mit Zinseszinsen. Im Nachhinein ist man ja immer schlauer, aber das war wohl ein zu großer Fisch, den er sich damals hat an Land ziehen wollen. Na ja, Schwamm drüber, es seien wohl auch andre Zeiten heute. Transparente sagt man, was hieße, dass man Verbrechen heute vor aller Augen begehen würde. Es wehe nun ein andrer Wind. Und müsse man, auch da im Wachkörper der Bundespolizei, müsse man nach neuen Strategien suchen. Auch wenn das hieße, dass man sich alter, liebgewonnener Kontakte leider auch entledigen werde müssen. Kill your darlings, heiße das, im übertragnen Sinn natürlich. Kurzum, der Kerninger hat sich einmal zu oft etwas zuschulden kommen lassen. Es liege ein dicker Akt da in der Staatsanwaltschaft, dort stehe am Deckel dick drauf Kerninger. Und meint der Schlicht, der sich erst recht nun ärgert, dass diese Welt, die Welt des Kerningers, ihn nun aufs Neue einholen will, dass diese Welt ihm nicht verschwinden will. Er habe seine Lektion gelernt, dass er sich hüte, mit dem Kerninger noch mal etwas zu tun zu haben. Dass ihn das wundere, ihn, den Herrn Inspektor, weil, da werde er ein bisschen misstrauisch, der Herr Inspektor, weil doch der Schlicht mit ihr, der Astrid Schauer, soweit seine Behörde, seine Leute auf der Straße, ihm Bericht erstattet hätten, dass er, der Schlicht, und sie, die Schauer, er wolle jetzt nicht ins Detail. »Wär Ihnen dankbar, wenn Sie Ihre Ermittlernase nicht da in mein Privatleben reinstecken.« Es sei nun mal die Krux des polizeilichen Ermittlers, dass er, erst wenn so ein Verbrechen mal geschehen ist, erst dann könne er in Aktion auch treten. Die Tat müsse schon getan, der Überfall schon Fall, der Mord müsse da schon gemordet sein, dann trete er erst auf, weil ohne ein Verbrechen auch kein Fall, und ohne Fall sei er, als der Inspektor, gänzlich fehl am Platz. Weil das Verbrechen in der bloßen Möglichkeit, das ließe sich nun leider noch nicht ahnden. Sicher, wenn jemand Pläne schon zurechtgelegt, könne man auf Vorsatz ihn belangen. Doch für die reine Idee, die kriminelle Energie, die da schon schlummere drin im Menschen, da gäb es keine Handhabe. Und spüre er auch noch so deutlich, weil für so etwas, da habe er dank seiner jahrelangen Tätigkeit, habe er für die Wahrscheinlichkeit, dass eine Straftat sich vollzöge, habe er, der Herr Inspektor, durchaus schon ein

Sensorium sich anverleibt, spüre er auch noch so deutlich, dass es bald wieder mal so weit, er müsse trotzdem dann den Schuss, den Stich, die Explosion abwarten. Er sei nun mal, Gesetz der Sache selbst, zur Tatenlosigkeit gezwungen, zum Däumchendrehen, bis dass sich so ein unheilvolles Ereignis dann endlich ereigne. Nun ja, ganz tatenlos, das stimme wohl nicht ganz. Er sehe zu, und damit sei schon viel getan. Und sehe er gewisse Konstellationen sich formieren, die ihm dann sagen würden, dass da so eine kriminelle Energie am Werk, dass die verborgen im Untergrund drin fließe, dann reiche oft die kleinste Information an der richtigen Stelle, und diese Energie, die trete dann schneller zutage, als man meine. »Und kann so schließlich ich, der Herr Inspektor, auch meine Arbeit tun. Und muss ich drum, so leid es mir auch tut, muss Sie jetzt fragen, ob Sie das wussten, dass die, mit der Sie grade erst intim, dass sie sich mit dem Kerninger schon seit geraumer Zeit recht regelmäßig trifft?« Und bohrt sich diese Frage wie der Kopfschmerz da rein jetzt in sein Hirn, und meint der Schlicht nun nur: »Sie wissen ja, wo meine Tür.« Wie schön, er sehe schon, dass es nun alles seinen Lauf, dass wieder mal das Mögliche sich in das Wirkliche wird stürzen und er, der Herr Inspektor, dann für eine Ordnung wieder sorgen könnt. Weil's das ist, was wir doch am End des Tages alle wollen, unser kleines Stück ordentlich sortierte Wirklichkeit, das sei das eigentliche Hauptgeschäft von ihm, dem Herrn Inspektor. Er lasse jetzt den Schlicht allein, mit dieser Einsicht, dieser bitteren, damit sie etwas einwirke auf ihn, damit sie für ihn eine Wirklichkeit erlange.

Der Hitzestau

Und fallen, fallen härter drauf da auf den Kopf von ihm, dem Schlicht, die Sonnenstrahlen, härter drauf als sonst. Und steht die Sonne direkt über seinem Scheitel im Zenit. Von dort aus fallen sie, die Strahlen, runter schwer, fallen aus der Sonne raus, da auf den schweren Kopf von ihm. Weil dieses Licht, das da die Sonne runterwirft auf ihn, weil das halt nicht nur Welle, sondern Teilchen auch. Weil es ja beides ist, das Licht, drum trifft es ihn, den Schlicht, jetzt doppelt hart. So streift der Schlicht nun durch die Vorstadt, Gasse um Gasse, auf der Suche nach dem Tiefkühlkosttransporter, den er hat gestern, bevor die beiden Jungs von ihr, der Schimmelteufel, ihn gekidnappt, hat er ihn irgendwo hier draußen abgestellt. Es will ihm nicht mehr einfallen, weil man bei solchen Kopfschmerzen halt auch nicht denken kann. Und drängt die Zeit, weil doch die Ware, wenn erst die Kühlung ausgesetzt, zu gammeln fängt sie an.

Und schwitzt der Schlicht, schwitzt jetzt in Bächen, schwitzt wie so ein Stück Butter in der prallen Sonne, dort wo die Strahlen ihn so hart getroffen, und greift sich an den Hinterkopf. Von all dem schweren Licht ist ihm der Hinterkopf ganz sumpfig schon. Was ist denn das? Und zieht die Hand wieder heraus da aus dem Sumpf, dem schmerzenden. Das kann nicht sein, denkt er sich da, der Schlicht, da drin in seinem schweren, schweren Kopf, das kann nicht sein, dass das Licht allein, weil Welle-Teilchen hin oder her.

Das muss noch immer dieser Schlag, den er da im Transporter letzte Nacht hat abgekriegt. Da muss er sich den Kopf geschlagen härter als gedacht. Merkt, dass die Hand, die seine, voller Blut. Es tut die Hitze jetzt ihr Übriges, dass sich das sumpfige Gefühl da von dem Kopf nun weiter sich noch ausbreitet im Körper drin von ihm, dem Schlicht. Da werden ihm die Knie jetzt auch ein bisschen weich. Sollt dringend einen Schatten suchen sich, sollt schleunigst sich wo unterstellen, damit das Licht nicht mehr so drauf auf ihn. Nur dass halt hier, in der Asphaltwüste, kein Schatten, nirgends nicht. Kein Baum, wo all der Boden schon versiegelt. Und auch da an den Mauern von den Lagerhallen, nichts, kein Schatten, weil die Sonnenstrahlen, so senkrecht fallen die der Wand entlang. Und in ihm drinnen, da im Schlicht, wohnt jetzt ein grenzenloser Durst. Er könnte ganze Bäche trinken, könnte Swimmingpools jetzt leer saufen, staubtrocken ist es hier, verdorrtes Unkraut auf Verkehrsinseln. Schlurft weiter durch den Staub der Vorstadt. Und auch der leichte Lufthauch, der jetzt aufkommt, bringt keine Abkühlung, trägt nur den Duft der Tierkörperverwertung da zu ihm herüber. Weil man dort auch in einer solchen Hitzewelle, hat man dort auch mit den Verwesungsdämpfen dann zu kämpfen. Und atmet immer flacher er, der Schlicht, die gammlig süße Luft jetzt in die Lungen rein. Bis plötzlich, wie aus dem Nichts, ein Kind. Mutter- oder vaterseelenallein, nur dieser Hund, auf dem es reitet, als wär's ein Pony. Dreht gemächlich seine Runden auf dem leeren Parkplatz es, das Kind in Seemannsuniform. Als wär's ein Sängerknabe, den man hier draußen ausgesetzt, strafversetzt nach Simmering. Der Parkplatz menschenleer, nur so ein Unfallauto, das irgendwer hier schon vor längerem hat abgestellt, rostet vor sich hin. Dahinter ausgeblichen eine alte Werbetafel für eine Fernsehshow, darauf in großen Lettern eine Frage: *Zerstört die Wirklichkeit Ihr Leben?* Und geht der Schlicht jetzt auf ihn zu, den Knaben auf dem Border Collie, dem auch die lange Zunge wegen dieser Hitze fast bis an den Boden hängt. »Bist du der Eisverkäufer?« Und reitet jetzt um ihn herum, umkreist ihn wie ein Geier. »Wo ist dein Wagen, Eisverkäufer?« Da greift er sich, der Schlicht, an seinen Kopf, versehentlich. Zieht schnell die Hand wieder zurück. »Das weiß ich nicht.« Hört man jetzt, wie die Pfoten von dem Collie aufsetzen am Asphalt und diese Krallen schleifen über festen Grund. Dass das nicht gut, weil man doch wissen müsse, wo die Dinge sind, die man sein Eigen nennt. Das lernt doch jedes Kind, dass wenn man etwas habe, dass man dann darauf achten müsse, dass es dann einem nicht abhandenkomme. Weil wenn man immer minus rechne nur, von all den Zwetschken oder Birnen oder Murmeln immer nur abgezogen, dann würd am Ende nichts mehr übrig bleiben. Das habe es, das Kind, ja schon gelernt, dass man dann irgendwann bei null. Und null, das heiße nichts. Keine Zwetschken oder Birnen oder Murmeln mehr. Nur eine Null, die für Nichts stehe. »Der Wagen ist doch nur geliehen, von ihr, der Firma, bei der ich angestellt.« Und bleibt kurz stehen der Hund mit ihm, dem Kind, darauf. Und dreht sich jetzt zu ihm, dem Schlicht. Blickt tief hinein in seine hitzetrüben Augen nun das Kind. Dass das dann heiße, dass er den Eiswagen, mit all dem leckren Eis am Stiel darin, dass er den Wagen vorher schon nicht hat besessen. Dass er auf null schon war, bevor wir minus dann gerechnet. Dass er, der Schlicht, nun weniger als nichts mehr habe. Weil wenn man keine Zwetschken oder Birnen oder Murmeln habe und dann davon auch noch minus rechne, dann sei man unter null. Dann habe man sich schwer verschuldet. Und sage drum auch seine Mutter immer wieder zu ihm, dem Kind, dass wenn man sich hat etwas ausgeliehen, dann müsse man noch einmal besser achtgeben darauf, weil sich daran doch diese Schuld gebunden. Da müsse man, als wärs das eigne Leben, müsse man dann darauf achtgeben. Weil doch die Schuld uns alle bindet. Und manchmal sage seine Mutter noch, dass es so etwas wie ein Eigentum, dass es das überhaupt nicht gebe. Dass alles nur geliehen sei und wir drum immer schon verschuldet. Ja, dass nur, wenn wir Glück, wenn wir gut aufgepasst, dass wir am Ende dann auf null. Und dass er sich nun noch mal konzentrieren solle, um ganz scharf nachzudenken, wo sein Wagen denn geblieben sei. »Ich bin so furchtbar durstig. Gibt es hier einen Brunnen irgendwo. Wenn ich ein paar Schluck Wasser nur, könnt sein, dass ich mich dann wieder erinnere.« Jetzt steigt es ab, das Kind in dem Matrosenanzug, runter von dem Border Collie und legt sich flach da auf den Boden. Der Collie sieht ihm zu, dem Kind, um es ihm dann gleichzutun. So liegen sie, die beiden, die Ohren fest da auf den glühenden Asphalt gepresst. Und meint jetzt es, das Kind, dass irgendwo hier in der Gegend mal ein Bach geflossen sei, den hätte man dann aber ins Erdinnere verlegt, der fließe irgendwo da unter dem Asphalt, nur wenn man ganz, ganz leise das Ohr da auf die Straße lege, dann würde man es rauschen hören. Die Alten haben noch geglaubt, dass dieser Bach, dass der dort an der Quelle, dass das der Eingang in das Reich der Toten wär. Von dort könnt man hinuntertauchen in die andre Welt, wo alle hin, wenn sie dann nicht mehr sind, wenn sie der Tod da aus der Welt hinausgestorben hat. Dann müssen sie da in die andre Welt hinüber, haben sie, die Alten, noch geglaubt, sagt es, das Kind, da in der Seemannsuniform. »Sch, hörst du das? Und weiß heut keiner mehr genau, wo er denn fließt, der Bach. Weshalb ich und der Arthur«, da blickt er auf, der Collie, »ich und der Arthur, legen unsre Ohren an allen Ecken dieser Stadt, legen wir die Ohren auf den Boden. Und hören es, das Rauschen von dem Bach. Wie ein Geflecht aus Wasseradern zieht sich der Bach da durch den Boden.« Und knickt dem Schlicht das Knie kurz weg, weil es zu weich geworden ist. Ein Straßenkehrer habe ihm, dem Kind, einmal erzählt, dass an besonders heißen Tagen dieser geheimnisvolle Bach, dass der dann manchmal wie aus dem Nichts zutage trete, dass er dann ganze Straßenzüge überschwemme. Und meint nun aber er, der Knabe, der wieder sich da auf den Rücken von dem Border Collie schwingt, meint nun, dass so ein Straßenkehrer an derart brütend heißen Tagen, dass der so manches sehen würd, wenn sie, die Sonne, diesen pechschwarzen Asphalt zum Flimmern bringe. Und wird auch ihm, dem Schlicht, kurz schwarz vor seinen Augen. Er müsse wirklich weiter nun. Und hebt der Sängerknabe seine Seemannskappe nun zum Gruß. Ahoi. Er solle, er, der Schlicht, nur achten drauf, dass wenn er doch den Bach mal finde, dass er nur ja nicht sich hinein dann stürze, wer weiß, die Strömung reiße ihn vielleicht dann mit, da runter, unter sie, die Erde, drunter. Der Schlicht setzt sich nun träge in Bewegung, setzt einen Fuß da vor den andren. Und merkt, wie nun die Beine immer schwerer werden. Schleppt sich noch ein paar Meter weiter. Da fällt ihm auf, dass er auf so einem Kanalgitter zum Stehen gekommen ist. Und fällt sein Blick, fällt runter da an ihm und in die Erde rein, so wie die Sonnenstrahlen da in Säulen durch das Gitter tief runter in die Unterwelt. Und legt er sich, der Schlicht, jetzt wie das Kind mit seinem Hund, legt sich der Schlicht da auf den Boden. Legt sein Ohr da aufs Kanalgitter und schließt die Augen. Dass er nur schwarz mehr sieht. Horcht rein jetzt in

die Unterwelt, ob man den Totenfluss da rauschen hört.
Doch nichts, kein Rauschen nicht. Hört rein da in die Stille,
vergeht so eine Ewigkeit, bis er es leise tropfen hört.

Am Tropf

Er muss wohl eingeschlafen sein. Und fühlt sich alles um ihn rum, fühlt sich so seltsam weich jetzt an. Die Augen immer noch geschlossen. Die Welt ist nun nicht mehr als dieses Tropfen. Tapp. Tapp. Tapp. Und denkt da hinter den geschlossnen Augen, Regentropfen sind das nicht. Und spürt, wie jemand nach der Hand, der seinen, fasst. Und kann nicht anders, als seine Augen aufzuschlagen. Erst mal alles viel zu hell. Blickt tagblind in die Welt. Kneift sie ganz eng zusammen, seine Augen. Jetzt erst erkennt er die nicht zu weißen Zähne, die der Astrid ihre sind. Und während sie ihn anlächelt, mit ihrem nicht zu weißen Lächeln, denkt er da in sich drin, ob das auch stimme, dass sie nur Implantate drin in ihrem Mund. Dass in so einem Augenblick, dass einem das Banalste, das Nebensächlichste, das scheinbar Unwichtigste dann zuerst einfällt. Nicht, wie er hergekommen ist, wo er jetzt ist, ob all das nur ein Traum, das Kind und auch der Border Collie. Nein. Erst mal über das Weiß der Zähne von Schauers Tochter sich den Kopf zerbrochen, der im Übrigen tatsächlich ein bisschen angeknackst auch ist. Er muss sich da in dem Transporter von der Schimmelteufel, muss er sich einen Schädelbasisbruch wohl zugezogen haben. Und meint jetzt Astrid, dass ihn ein Streifenwagen zufällig da auf dem Gehsteig liegend vorgefunden habe. Er habe ihren Namen noch gestammelt, weshalb sie auch verständigt worden und zu ihm hier in diese Unfallambulanz gekommen sei. Dann erst mal Schweigen, um diesem Hirn, da in dem angeknackten Schädel von dem Schlicht, Zeit zum Sortieren mal zu geben. Und bricht das Tropfen von der Infusion im monotonen Rhythmus, bricht immer wieder diese Stille. Er habe einen Schädelbruch sich zugezogen, was schlimmer klinge, als es sei. Dass das zumindest der Herr Oberarzt gemeint, der heut schon zur Visite bei ihm gewesen sei. Das Schlimmere sei seine Dehydrierung dann gewesen, dass er von Glück noch sprechen könne, dass man rechtzeitig ihn gefunden habe. Weil unsere Reserven leider nun einmal begrenzt, verliere man zu viel an Flüssigkeit, verliere man am Ende noch sein Leben. Dann wäre er verdurstet, was zugegeben auch nicht mehr so selten vorkomme in letzter Zeit. Wir würden mittlerweile hier auf einem Wüstenplaneten leben, mit dem Gedanken müsse man sich heutzutage anfreunden. Habe er, der Herr Primar, zu ihr gesagt. Und setzt sich Schlicht jetzt auf in seinem Krankenbett und blickt raus aus dem Fenster auf die Stadt, über der die Sonne nach wie vor da im Zenit. Sie sei seit gestern hier bei ihm, er habe tief geschlafen, regungslos. Sie könne gern auch wieder gehn, sie wollt nur warten, bis er aufgewacht, weil so alleine aufwachen, nach einem solchen Vorfall, das stelle sie sich schrecklich vor. Und Schlicht meint nur, dass ihm das auch das Liebere, dass er nicht ganz allein, und dass sie ruhig ein bisschen noch bei ihm hier bleiben solle. Und hört man jetzt das Schnarchen eines gepflegten Mittagsschlafes, den der Herr Hübl eingelegt, da in dem Nachbarbett, dort hinterm weißen Vorhang. Und weiter hört man ihn jetzt schmatzen, zwischenrein, dass man sich leiblich vorstellen kann, wie er die Mittagsmahlzeit da in dem Mittagstraum noch einmal vor dem inneren Auge vorüberziehen lässt. Es ist der Hübl Stammgast hier im Krankenhaus, weil er sich hat so manches schon entfernen lassen.

Muttermale, Mandeln und Meniskus, zuletzt auch noch den Wurmfortsatz. Was nicht zum Überleben wichtig, hat ihm, dem Hübl, die Chirurgie schon längst entfernt. Und weil der Hübl nun noch ungehemmter schnarcht und es noch etwas hin bis zur Visite und weil sie in der Nacht kein Auge zugetan, drum kriecht sie jetzt zu ihm hinein, dem Schlicht, da in sein Bett. Und dämmert weg, da auf dem Arm von ihm, schmiegt sich noch etwas näher ran an ihn. So liegen sie, die beiden, eine Weile. Und weil der Schlicht nicht will, dass ihm die Welt zu schnell wieder abhandenkommt, drum lässt er lieber jetzt die Augen offen. Starrt da die Zimmerdecke an, die ihm grad übertrieben wirklich scheint. Und ist sein Kopf zum Bersten voll von abgebrochenen Gedanken, fühlt sich grad an, als würd der Riss nicht nur haardünn, da in dem Schädelknochen von ihm drin, als würd der Riss, Bruch, quer durch sein Hirn durchgehen, durch all die bruchstückhaften Überlegungen, Lücken der Erinnerung, krachend wie ein Gletscher, der bald kalbt, geht da der Riss durch den Verstand. Greift jetzt, um sich nun abzulenken von dem Spalt in seinem Kopf, greift er, der Schlicht, nun nach der Zeitung, die auf dem Kästchen neben seinem Bett. Blättert durch die Seiten, auf denen wieder mal die Schuld an dieser allgemeinen Lage man dort bei denen sucht, die keine Stimme. Und würd er sich mal wünschen, dass einer hintritt und offen sagt, ich hab's verbockt. Das wäre ihm, dem Schlicht, weitaus sympathischer als dieses saudumme Sündenbockgeschrei, mit dem die Nachrichten zurzeit so voll. Ich bin wie ihr, ich baue Mist. Das sei nun mal der Unterschied, dass einer wie der Schlicht, der darf sich nicht mal einen Fehler leisten, dann landet er vollends im Dreck, während sich andere, die leisten einen Fehler nach dem andren sich und immer noch kein bisschen angepatzt. Und denkt in sich, als er noch eine

Seite weiterblättert, nur irgendwann wird auch der Dreck sich rächen. Der lässt sich ewig nämlich auch nicht abschütteln, als ob nichts vorgefallen wär. Und fährt ihm stechend nun ein Schmerz durch seinen Kopf, weil da ein riesiger Gedankenbrocken sich grad löst von seinem Gletscherzungenhirn, als er da drinnen in der Zeitung das Bild von ihm, dem Kerninger, erblickt. Mit Helm und Spaten steht der Kerninger da in der Baugrube. Die Überschrift darüber: Gebändigte Stadtwildnis. Kerningers Visionen für ein neues Wohnen. Und fällt dem Schlicht jetzt wieder ein, was er, der Herr Inspektor, über den Kerninger und sie, die da an seiner Seite liegt, gesagt. Und kann nicht anders, als weiter noch zu denken. Ein Gedanke reißt den anderen jetzt mit, was sie mit ihm, dem Kerninger zu schaffen hat. Und was das alles denn mit ihm. Und spürt jetzt er, der Schlicht, wie ihm der Arm einschläft, auf dem die Schauer schlummert. Wie von tausend Nadeln ein Stechen da in seinem Arm. Und weckt sie sachte jetzt und zieht den Arm da unter ihrem Kopf heraus. »Kennst du den da?« Warum er das denn wissen wolle. »Kennst du ihn oder nicht?« Da dreht sie ihm, dem Schlicht, den Rücken zu. »Ich weiß, dass ihr euch kennt.« Und lässt nicht locker er, der Schlicht, weil es ihn selbst nicht locker lässt, dass sich der Kerninger grad über einen Umweg wieder in sein Leben schleicht. Was er denn hören wolle? Dass sie mit ihm, dem Kerninger, seit längerem sich treffe. Dass sie, wie man so sagt, ein kontraktuelles Verhältnis pflegen würden. Ob er wisse, was das heiße, kontraktuell. Dass da ein Vertrag bestehe zwischen den beiden. Ein Vertrag, der regle, wie die Treffen zwischen ihnen abzulaufen hätten. Was sie bei einem solchen Treffen an Kleidern tragen würden und was nicht. Was sie zu sagen hätten und was nicht. Wer wann sprechen dürfe und wer wann nicht. Das alles regle der Vertrag. Und ein Zuwiderhandeln hieße, vertragsbrüchig zu werden. Dass es darum gehe, ihm, dem Kerninger, gezielt Schmerzen zuzufügen. Ob es das sei, was er hören wolle? Und dreht sich wieder um zu ihm da in dem Krankenbett. Schmiegt sich an ihn und flüstert ihm da rein, ins Ohr hinein von ihm, dem Schlicht. Dass nur im Schmerz man sich verlieren könne. Weil uns der Schmerz erlöst von der Beschränktheit unsrer kleinen, ordentlichen Welt. Dass nur der Schmerz es schaffe, die Fesseln unsrer subjektiven Sicht zu lösen, um volle Freiheit zu erfahren. Weil er, der Schmerz, der bohrende, unendlich ablenkend doch sei. Wie so ein Schwarzes Loch ziehe der Schmerz alles an sich, was da um ihn geschehe. Und hätten sich der Kerninger und sie sich ausgetauscht, über erste Schmerzerfahrungen, Kinderzähne, die sich durch die Haut reingraben, da ins Fleisch. Bisse, die sie sich selber zugefügt, da in den Pausenklos. Um dieser Enge ihrer Körper zu entfliehen. Und spürt er jetzt, der Schlicht, die Zähne, ihre Zahnimplantate, da an seinem Ohr, wie sie ganz sachte ihren Biss da an dem Ohrläppchen von ihm, dem Schlicht, jetzt spüren lässt, dass es ihm all die feinen Nackenhaare aufstellt jetzt und kalt es ihm den Rücken runter. Sie habe ihm, dem Kerninger, von diesen Schuhen dann erzählt, die sie sich angefertigt, rote Lackschuhe, die statt der Sohlen Zähne, Hunderte von Zähnen, dicht an dicht. Dass sie sich das gefragt hätte, wie es sich anfühlen würde, mit diesen Schuhen über Haut zu gehen, dass diese Zähne durch ihr Gewicht, wie so ein Nagelbett von dem Fakir, sich da ins Fleisch des Körpers graben würden. Ja, dass sie diese Phantasie nicht loslasse mehr. Nur wenig später wäre es dann zum Vertragsabschluss gekommen. Darin sei unter anderem auch festgelegt, wo sie, die dichtbezahnten Lackschuhe, den unterworfnen Leib berühren dürfen. In welchem Tempo sie die

Schritte auszuführen habe. Wie man sich vor und nach dieser Behandlung zu verhalten hätte. Und auch ein Safeword sei vertraglich festgeschrieben, damit, wenn es zu weit, man es dem anderen deutlich und ohne Missverständnisse dann signalisieren könne, dass nun auch eine Grenze man erreicht. Bis jetzt sei es jedoch noch nicht gefallen, das Signalwort: »Rehragout«. Und beißt ihm etwas fester jetzt, dem Schlicht, da in die Gänsehaut am Hals. Dass man das wohl als Zeichen gegenseitigen Vertrauens werten könne. Und ob er wissen wolle, wie das ist, im Schmerz drin zu verschwinden, als würde man zermahlen von Hunderten von Zähnen. Ob das die Art Geschichte, die er hören wolle, die seine Neugier stillen würde. Und wird das Schmatzen hinterm Vorhang, immer lauter wird das jetzt. Nur seien die Geschichten austauschbar, wie wir. Vielleicht gibt es so einen Kontrakt zwischen dem Kerninger und ihr. Vielleicht auch nicht. Vielleicht könnt sie ihm Bissspuren zeigen da an ihrem Körper. »Vielleicht ist all das nur erfunden, so wie du und ich. Vielleicht sind wir nur Abbilder, lebensechte Implantate. Und nur der Schmerz kann uns erzählen, was real noch ist.« Und während Hübl drüben hinterm Vorhang wie ein Walross grunzt. Beißt sie, die Astrid, ihn, den Schlicht, dass es ihn höllisch schmerzt. Leise, doch laut genug, dass sie es hören kann, sagt er, der Schlicht nun: »Rehragout.« Ohne ein Wort setzt sie sich auf, da in dem Krankenbett, löst dieses Seitengitter. Um leichter rauszukommen. Nimmt ihre Tasche noch und geht. Und er, der Schlicht, bleibt nun zertrümmert liegen. Wieder allein in seinem Krankenbett. Nur dieser Schmerz kommt immer zurück zu ihm, der kommt und geht in Wellen. Und brechen sie die Wellen, brechen schmerzhaft da an ihm, bis eine dann zu viel, bricht über ihm zusammen und nimmt ihn erst mal mit, da ist er weggetreten.

Schwarz vor Augen. Weg die Welt. Und ist für eine Weile wieder nirgendwo. Bis plötzlich ihm jemand da an den Hals, drückt ihm die Finger an die Halsschlagader, um seinen Puls zu fühlen. Das muss der Oberarzt, denkt er, muss das jetzt sein. Und öffnet er die Augen wieder. Sieht einen weißen Kittel und langes blondes Haar, über ihn gebeugt, und kalt das Stethoskop jetzt an der Brust von ihm. Horcht da in ihn hinein, die Ärztin. Und merkt sie jetzt, dass er die Augen wieder offen. »Sind wir schon wieder aufgewacht?« Dann leuchtet sie dem Schlicht in seine Augen rein. »Wir werden Sie erst mal erlösen von all den Schmerzen, die Sie quälen. Das geht ganz schnell, und schon ist Ihnen leichter.« Holt aus der Tasche von dem weißen Kittel eine kleine Spritze jetzt, die sie schon vorbereitet hat, sticht sie in die Ampulle und zieht sie langsam auf. Es ist der Schlicht ja für gewöhnlich nicht für Zeichen und Verschwörungen zu haben, wie sein Freund, der Feuerwerker Fabian, für versteckte Hinweise auf eine größere Geschichte, doch als die Ärztin dort an seiner Infusionsnadel den Gummischlauch kurz abgesteckt und ihre Spritze angeschlossen und er jetzt erst erkennt, dass auf dem kleinen Namensschildchen *Frau Doktor Bitter* steht, da fällt ihm, dem Schlicht, fällt alles ein, der ganze Fall fällt ihm jetzt ein, da in den Kopf, durch diesen Spalt hinein, wo schon die Sonnenstrahlen reingefallen, fällt nun der ganze Fall ihm wieder ein. Der Tulp und sie, die Schimmelteufel. Der Kerninger und der Inspektor. Und auch der Herr Ingenieur Huber da in seiner Vorstadtfestung, der ihm geraten, die Doktor Bitter aufzusuchen. Und sieht er nun, sieht all diese Zusammenhänge, die ihm nun sagen, die stecken alle unter einer Decke, und wird ihm drum da unter seiner Decke, wird ihm jetzt unerträglich heiß. Weil er sich denkt, das war's, jetzt räumen sie dich aus dem Weg, weil du in diesem Fall nur fehl am

Platz. Und als die Bitter gerade den Inhalt von der Spritze ihm in seine Venen drücken will, schreit er, der Schlicht, schreit wie am Spieß, »Nein!«, und blickt verdutzt sie ihn jetzt an. »Ich will das nicht.« Und dass sein Zimmerkamerad, dass er, der Hübl, der prompt aufs Stichwort auch den Vorhang aufgerissen, dass der ihm Zeuge sei. Er wolle nichts hinein in sich gespritzt bekommen. Und sieht die Bitter den Hübl fragend an, der nur mit seinen Schultern zuckt. »Nun gut, ganz wie Sie wollen.« Und steckt die Spritze unverrichtet wieder weg. Und lässt ihn jetzt, den Schlicht, mit seinem Schmerz wieder allein.

Drei Tage ist der Schlicht mit Schmerzen da gelegen, pochend, als würd ihm wer mit einem übergroßen Eierlöffel auf den Hinterkopf draufklopfen. Und wollt so schnell wie möglich, wollt er, der Schlicht, all das wieder vergessen, nur dass so ein Vergessen um nichts leichter als das Erinnern ist, weil man ja, wenn's erst mal eingefallen, man so einen Gedanken nur schwer aus seinem Kopf wieder hinaus dann kriegen kann. Weil so ein Türchen auf und alles Überflüssige hinausgekehrt, das gibt es leider nun mal nicht. Und sosehr er sich auch konzentriert, den Einfall wieder zu vergessen, fällt's ihm im selben Augenblick dann wieder ein. Jeder Tropfen aus seiner Infusion, ein Gedanke, der schmerzlich ihm dann einfällt wieder. Und denkt in sich der Schlicht, während er sich unter Schmerzen windet in dem Krankenbett, dass es das Denken, dass das schon auch als Leiden einen befallen kann. Nur leidet auch der Zimmernachbar von dem Schlicht daran, wenn ihn die quälenden Gedanken besonders lautstark in der Nacht befallen. Und weil der Hübl halt ein Mensch der Tat, weil er an eine Willenskraft im Menschen glaubt, weil er sich immer sagt, wo da mein

Wille, da ein Weg. Drum unternimmt er jetzt, der Hübl, einen Versuch, dem Schlicht da aus der Misslichkeit der Lage rauszuhelfen. Der Hübl ist nämlich die graue Eminenz der Klinik. Er kennt den Notausgang, der ungesichert da aufs Dach des Unfallkrankenhauses führt, dort wo die Krankenschwestern sich zum Rauchen rausschleichen. Der Hübl kennt den Kinderarzt, der unter seiner Hand den guten Hustensaft verdreht. Und Hübl kennt auch den Kantinenmitarbeiter, der ihn zu jeder Tageszeit mit Schokoladenpudding kann versorgen. Er weiß, wer bei den Einläufen am sanftesten und wer bei den Massagen nicht allzu zaghaft. Er weiß, wer's nicht mehr lange macht, wer simuliert und wer schon wieder bald entlassen. Er kennt die Hebamme, die Wetten annimmt, welches Kind als Erstes wird das Licht der Welt erblicken. Sein einziges Problem, dass er schon wieder bald entlassen werden würde. Als gänzlich genesen, ausgeheilt, da in die Außenwelt, die unheilvolle, rausgeworfen. Die Heilung hat für ihn was derart Unerlösendes, dass dann sein Körper wie von selbst mit allerlei Symptomen reagiert, wie dieses Stechen in der Hüftgegend, das man doch erst mal abklären sollte, bevor man ihn dann als Genesenen gen draußen schicken sollt. Er, der Hübl, könne nur schwer dabei zusehen, wie er, der Schlicht, bei ihm im Zimmer liege, da im Nachbarbett, und derart leiden müsse. Ein Krankenhaus wie das diese sei ein modernes Wunder. Ein Termitenbau der Wissenschaft, in dem es auch versteckte Wege gebe, die doch zu einer Heilung führen würden. Und denkt in sich der Hübl, dass dieser menschliche Verstand, dass der schon auch so ein Termitenbau, mit Gängen, Höhlen, abgelegnen Kammern, schwer zu durchschauen, wie es darin zugeht, und zu verstehen, warum so einer wie der Schlicht dann trotz der Schmerzen kein Mittel will dagegen. »Raus aus dem Bett, und mitgekommen.« Und meint der Schlicht nur, dass er Frau Bitter unter keinen Umständen aufsuchen wolle. »Keine Angst, will Ihnen nur was zeigen.« Und weil halt Hübls resoluter Art nicht zu entkommen ist, drum wankt der Schlicht in seinem Schlafanzug vom Krankenhaus, mit bandagiertem Kopf und diesem Infusionsständer, dem rollbaren, ihm, dem Hübl, hinterher. Dort an den Pforten zur Geburtsstation solle er, der Schlicht, kurz warten, er hole ihn gleich nach. Es hat der Hübl nämlich, nach einer Serie äußerst geglückter Wetten, bei der Oberschwester der Geburtsstation, so einiges noch gut. Und hat er ihr, der Oberschwester Paula, drum einen kleinen Handel angeboten, wie sie die Spielschuld tilgen könnt. Und sitzt drum er, der Schlicht, bei ihr, der Ober-schwester Paula, drin mit einem Mundschutz im Gesicht. Hat gar nicht recht kapiert, worum es denn jetzt geht. Da hat er schon, der Schlicht, ein kleines Päckchen da im Arm, gut eingewickelt, liegt ein Säugling da, dreht seinen Kopf zu ihm, der fast noch blind. Es hat nämlich der Hübl mal gele-sen, dass so ein Neugeborenes in Armen halten, dass das Are-ale da im Hirn drin aktiviert, die sonst ganz inaktiv. Und hat er sich gedacht, der Hübl, dass das dem Schlicht die Lethar-gie vertreibt vielleicht.

»Was wir hier machen, das ist mehr als illegal.« Das solle ihm, dem Schlicht, bewusst sein auch, und dass er's auch dem Hübl noch mal sagen solle. Sie wisse auch nicht, was sie dabei reite, obwohl eigentlich wisse sie es schon, doch das sei eigentlich kein Grund. Aber der Mensch neige nun mal zur Unvernunft, da könne auch sie daran nichts ändern. Da piepst etwas an ihrem Gürtel. Sie müsse kurz mal nachsehen gehen. Er komme schon zurecht, das hätte sie gleich zu Be-ginn, hätte sie das schon gesehen, das er, der Schlicht, dass das wer ist, dem man ein Kind in seine Arme legen kann. Sie sehe das sofort. Gut aufpassen, sie sei gleich wieder da. Und geht der Schlicht den Kleinen sachte schaukelnd auf und ab, soweit die Infusion es zulässt. Schaut rein in dieses winzige Gesicht, das er wohl nie mehr wiedersehen wird. Und kommt ihm irgendwie bekannt vor, erinnert ihn an sich. An Babyfotos, die er von sich selbst gesehen. Da denkt er sich, wir tragen alle ein kleines Kind in uns. Wir sind tief drinnen so ein kleines Ding, das alle Möglichkeiten noch in sich. Das denkt er jetzt, der Schlicht. Und sonst fürs Erste nichts. Kein quälender Gedanke und kein Kopfschmerz mehr.

Und fragt sie jetzt, die Doktor Bitter, als er, der Schlicht, da im Büro von ihr drin steht, ob ihn die Schmerzen in den Schoß der Medizin wieder zurückgetrieben. Doch warum er, der Schlicht, obwohl er nun ganz schmerzbefreit, die Linderung sich längst auf andrem Weg hat eingestellt, trotzdem die Doktor Bitter aufgesucht, hat daran nun gelegen, dass in ihm drin eine innere Gewissheit sich hat eingenistet, dass er nur seine Ruhe wiederfinden könnt, wenn er dem allen auf den Grund. Und könne er den Grund nur finden, wenn er auch ihn, den Schauer, finde. Selbst wenn das hieße, dass er selbst dem Tod ins Antlitz blicken müsst. Und steht drum er, der Schlicht, jetzt da in dem Büro von ihr, der Doktor Bitter, drin. Vor diesem Schreibtisch, wo an einem metallenen Gerüst metallene Kugeln baumeln und ihre Energie von einer auf die andere sich überträgt, drei Kugeln statisch in der Mitte, während die äußeren von dieser Stoßwelle getroffen nach außen schwingen, um wieder dann mit aller Kraft auf sie, die andern Kugeln, dann zu prallen. Impulserhaltungssatz. Klack, klack, klack, klack. »Rundheraus. Ich such den Doktor Schauer, der schon seit ein, zwei Wochen verschwunden, wie vom Erdboden verschluckt. Seit Tagen fehlt von

ihm schon jedes Lebenszeichen.« Es habe der Herr Ingenieur Huber, als er ihn kürzlich hat getroffen, habe auf sie verwiesen, dass sie ihm in der Sache Schauer unter Umständen
weiterhelfen könne. »Den Huber getroffen?« Und mustert
ihn, den Schlicht, mustert ihn genau, während diese Kugeln
weiter klackend aufeinanderprallen. »Unwahrscheinlich.«
Er lebe eine Schattenexistenz, sie selber habe ihn erst einmal
flüchtig zu Gesicht bekommen. Und während Schlicht nun
detailliert von Hubers Haus erzählt und wie er einem Höh-
lenforscher gleich bis in die Kammer unterm Dach ist vorge-
drungen, betrachtet sie, die Bitter, wie es, das Stoßpendel, vor
ihr ausschlägt, wie sich die Energie erhält in dem geschlos-
senen System. Und fragt sie ihn, die Frau Doktor Bitter, ob
er denn Allergien oder Unverträglichkeiten hätte. Nicht, dass
er wisse. »Nun gut. Es ist hier leider kaum der rechte Ort,
um all das zu besprechen. Ich würde drum vorschlagen, dass
Sie uns, meinem Mann und mir, einen kleinen Hausbesuch
abstatten. Mein Mann freut sich bestimmt.« Sie bereite ihm
in jedem Monat einmal ein Abendmahl, ein festliches, zu.
Wie es der Zufall wolle, wäre es am Wochenende wieder mal
so weit. Und reicht ihm einen Zettel, darauf Adresse und die
Uhrzeit. »Wir legen Wert auf Pünktlichkeit!« Der Schlicht
dreht sich zur Tür, hört noch in seinem Rücken: Klack,
klack, klack, klack… .

Und steht der Schlicht, steht kurz darauf da in der prallen
Sonne wieder vor dem Krankenhaus, doch nun mit einem
Strohhut auf dem bandagierten Kopf, den ihm der Hübl, wer
weiß woher, zum Abschied hat besorgt. Er, der Hübl, werde
nun doch noch ein paar Untersuchungen genießen dürfen,
bevor sie ihn entlassen können. Und ächzt die Stadt, ächzt
nach wie vor unter der Hitzewelle. Fühlt sich grad schmutziger und staubiger noch an, wo er der klinisch sauberen Heil-

anstalt entkommen, als würde da hinter der nächsten Stra-
ßenecke eine Düne hoch sich türmen, als würd die Stadt sich
schleichend schon verwüsten.

Vom Kopfverdrehen

Eine Welle zieht endlos lang über die Wasseroberfläche, bis irgendwann sie dann auf Grund läuft, dort in der Brandungszone türmt sie sich, schichten sich die Wassermassen übereinander, und wenn sie erst den Punkt, den kritischen, mal überschritten, dann bricht sie, stürzt in sich selbst. Genau wie diese Hitzewelle nun die Brandungszone längst erreicht, die Wälder brennen schon an manchen Stellen. Es wartet alles nur darauf, lauert in den Ecken dieser Stadt, dass sie, die Hitzewelle, endlich in sich bricht, und kräuseln sich von Zeit zu Zeit die Wolken wie Gischt am Himmel über ihr, der Stadt, um dann doch nicht den langersehnten Wolkenbruch zu bringen. Und schwitzen drum die beiden in ihrem mittelalterlichen Mönchshabit nun noch mal mehr, dass sich durch all den Schweiß auch einer von den Lepraflecken da von der Haut ablöst. Die Schwester von dem Norbert, die Visagistin ist beim Film, hat ihnen diese täuschend echten Gummiflecken an Gesicht und Armen aufgeklebt, damit sie auf dem Mittelalterfest in Hainburg draußen einen zeitgetreuen Eindruck auch erwecken können. Die beiden, der Norbert und der Harald, haben aber noch mal Halt jetzt machen müssen da am Feuerwerksgeschäft, weil er, der Schlicht, seit sie ihm etwas zugesetzt, spurlos verschwunden wie der Schauer selbst. Und müssen sie drum etwas nachhaken in Schlichts Abwesenheit bei seinem Freund, dem Feuerwerker. Und stehen ganz in ihren Reenactment-Rollen, zwei kriegerische Mönche, da drin jetzt in dem Laden, wo statt dem Fabian dort zwischen all den Kisten mit den abgepackten Feuerwerksartikeln nun nur ein rotfaktoriger Kanari auf einem kleinen Häufchen Vogelfutter sitzt. Genüsslich ein paar Kerne knackt. Und während nun der Norbert versucht, das kleine Vögelchen zu füttern, regt sich der Harald mal wieder maßlos auf. Dass das ja wieder typisch sei, wenn es drum gehe, die Verantwortung zu übernehmen, da ziehe heute jeder nur den Schwanz dann ein. Das sei es auch, was ihn da an der mittelalterlichen Lebensweise interessiere, dass man auf Ehre und Verantwortung noch etwas zähle, weil man in derart unsicheren Zeiten zumindest auf ein Ehrenwort noch etwas geben konnt. Ja, dass die Ritterschaft zu größeren Festen pflegte, feierliche Schwüre abzulegen. So ließ ein englischer Ritter sich ein Auge verbinden, weil er geschworen hatte, es nicht wieder zu nutzen, bevor er nicht einen Franzosen durch sein Schwert getötet hätt. Ein anderer hätt geschworen, dass er auf seinem Weg Richtung Jerusalem nicht einen Schritt zurückweiche, was seine Reise durchaus hätt erschwert, da er sich tatsächlich keinen einzigen Schritt zurück gestattete, Schwur sei Schwur. Nur heute sei ein versprochenes Wort weniger wert als alles andre in der Welt. Und hat nun der Kanari allen Mut zusammengenommen und ist mit seinen kleinen Füßchen in die tellergroßen Hände von dem Norbert reingesprungen. Sitzt da in seiner Hand und pickt die Körner auf, die er, der Norbert, hat für ihn, den Vogel, dort verteilt. Sieht aus im Mönchshabit mit diesem Vogel in der Hand fast wie der heilige Franziskus.

Während Harald nun versucht, den Gummileprafleck sich wieder aufzukleben, weil der Schweiß den Hautkleber hat aufgelöst, erzählt er nun dem Norbert von dem Film, den er sich gestern, da bei sich zu Haus, da vom Entspannungssessel aus hat angesehen, ein Klassiker, Chinatown von Roman Polanski. Mikrowellen-Popcorn da am Schoß. Ganz große Kinoatmosphäre da im Wohnzimmer von ihm, dem Harald. Bis plötzlich aus dem Nichts heraus, in Minute 42 nach Beginn des Films, Polanski selbst im Film sei aufgetreten und seinem Hauptdarsteller, als würde er den eignen Film sabotieren, Jack Nicholson, oder besser der Figur, die er verkörpert, dem Detektiv Jake Gittes, das Gesicht dann zu zerschneiden. Zückt sein Messer, der Polanski, und schlitzt dem Nicholson die Nase auf, dass es, das Blut, dann nur so spritzt. Und muss er dann, der Nicholson, muss von da an mit bandagierter Nase weiterspielen.

Exakt in diesem Augenblick hört man von hinten aus dem Laden die Spülung von dem Klo, die grad betätigt wurde, um kurz darauf den Fabian zu sehen, wie er sich seinen Weg wieder nach vorne in den Verkaufsraum bahnt. Und blickt jetzt auf, der Feuerwerker, sieht da zwei aussätzige Mönche, die in seinem Laden stehen. Und hält der eine von den beiden seinen lang vermissten rotfaktorigen Kanari fest umklammert. Der krächzt, weil er auch merkt, dass es, das letzte Stündchen, für ihn hat geschlagen. Der Fabian, dem nun die Wirklichkeit wie so ein übler Albtraum grad erscheint, fragt sich, ob all das überhaupt real, und ärgert sich, dass er den Vogel überhaupt da aus dem Käfig, der leer da in der Ecke steht, dass er ihn hat herausgelassen. Und will noch etwas sagen, verhandeln mit den Mönchsgestalten, da schreit der Harald ihn, den Norbert, an. »Dreh ihm den Hals um.« Und unverzüglich, wie es ein richtiger Gehorsam will, obwohl es ihn grad mehr als schmerzt, dreht knackend nun der Norbert dem Paradiesvogel das Köpfchen um. Und sinken jetzt der kleine Körper von dem Vögelchen und dieser große von dem Fabian synchron in sich zusammen. Und bleibt der Feuerwerker wie eine ausgebrannte Feuerwerksrakete da am Boden liegen. »Richt deinem Freund, dem Schlicht, aus, er soll ja nicht auf uns vergessen. Weil wir auf ihn auch nicht vergessen haben.« Während er, der Fabian, versucht, aus diesem Albtraum aufzuwachen, sind die zwei Ordensbrüder schon wieder da in ihrem Wagen auf dem Weg ins Mittelalter. Und fällt dem Norbert erst da auf der Autobahn jetzt auf, dass er den Vogel immer noch in Händen hält. Knallrot liegt dieser kleine Federball in seiner Hand. Da fragt er nun, der Norbert, was er mit diesem toten Vogel machen soll. Er solle ihn, um Himmels willen, doch zum Fenster raus. »Das bring ich nie im Leben übers Herz«, und legt den Vogel rein ins Handschuhfach. Sie schweigen für den Rest der Fahrt. Der Fabian, allein jetzt da im Laden, hat endlich auch verstanden, dass diese Wirklichkeit viel grausamer als jeder Traum. Und weil er sich grad keinen bessern Reim drauf machen kann, als dass die beiden Kuttenbrüder, dass das die Geldeintreiber von dem Kerninger, weil er doch weiß, wie sehr der Schlicht noch in der Kreide da bei ihm, drum schwört er sich jetzt feierlicher, als jeder Ritter das gekonnt, dass er sich an dem Kerninger wird rächen. Auf dass auch er denselben Schmerz wird spüren, den er, der Fabian, nun spürt da in sich drin.

Bei Bitters

Sonntag, der Schlicht herausgeputzt im Firmanzug, der Stoff an manchen Stellen etwas dünn schon. Das Haus ist aus der Gründerzeit, auf dessen Dach ein Flugobjekt aus Stahl und Glas gelandet ist. Und öffnet sie, die Hausherrin, die Doktor Bitter, schwungvoll jetzt die Tür zur Dachwohnung und gibt den Blick frei auf das Riesenrad, das man durch die getönte Fensterfront in voller Pracht erblicken kann. Und wundert sich der Schlicht, die Bitter auch hier privat in ihrem weißen Kittel anzutreffen. Denkt sich noch, wird grad erst von der Schicht gekommen sein. Man kennt das ja, dass diese Fachkräfte aus einem Mangel raus rund um die Uhr herhalten müssen. Doch dass die Bitter unter ihrem Kittel ein bodenlanges Kleid getragen, hat ihn, den Schlicht, schon etwas stutzig dann gemacht. Und folgt ihr da durchs Wohnzimmer, vorbei an Wohndesign, an Sitzecken und Leselampen, Treppen, die in Obergeschosse, auf Dachterrassen und auf Galerien führen, vorbei an Schüttbildern und Fotocollagen, durch einen langen, langen Gang, bis in das Schlafzimmer, in dem ein Pflegebett, um das sich jede Menge Monitore und Maschinen scharren. Kabel, Schläuche, Sonden, in deren Netz verstrickt der Mann von ihr, der Bitter, liegt. Und erklärt sie nun der Pflegerin, die da auf einem Stuhl neben dem Bett gesessen, dass sie für heute ihre Dienste nicht mehr benötige und wann sie morgen wiederkommen müsse. Woraufhin sie sich mehr als freundlich verabschiedet und nahezu geräuschlos über den Teppichboden dann nach draußen gleitet. Und hört man in der Stille das schwere Schnaufen unter der Beatmungsmaske. Jetzt öffnet sie, die Bitter, mit einem kleinen Schlüssel, der an ihrer Halskette dranhängt, öffnet mit dem Schlüssel den Arzneischrank da im Eck. Entnimmt dem Schrank eine Ampulle und die Spritze. Während es, das Licht der Sonne, klimabefreit, ohne jeglich wärmenden Charakter hier durch die dunklen Scheiben fällt, zieht nun die Bitter diese Spritze auf. Schnippt mit dem rot lackierten Fingernagel ein-, zweimal dagegen, um eine Luftperle dann aus der Spritze rauszudrücken, wodurch ein kleiner Spritzer aus der Nadel schießt. »Mein Mann wird sich gleich auch zu uns gesellen.« Sticht nun die Nadel dem regungslosen Leib da unter seine Haut am Unterarm, wo sich die Einstichwunden häufen. Kann man sich an den Flecken schon ausmalen, dass es wohl nicht das erste Mal, dass sie die Prozedur durchlaufen. Und merkt man augenblicklich schon, dass seine Atmung schneller wird und kleine Perlen Schweiß sich da auf seiner Stirn wie Tautropfen grad bilden, dort wo die Bitter ihn so sanft nun küsst. Um dann an den Gerätschaften, die an dem Gatten hängen, zu hantieren, Feineinstellungen zu adjustieren, damit das Aufwachen komplikationslos sich vollzieht. Es kehrt das Leben allmählich da in diesen starren Leib wieder zurück. Wie auch die Farbe seiner Haut schrittweise die wächserne Blässe nun verliert, um einer leichten Rosigkeit zu weichen. Da zucken seine Glieder, wie man es aus dem leichten Schlaf kurz vorm Erwachen kennt, um dann mit einem Mal die Augen aufzureißen und sich schwer keuchend diese Atemmaske vom Gesicht zu zerren. Worauf nun sie, die Bitter, einen Knopf drückt an dem Pflegebett, damit der Kopfteil sich geräuschlos hebt. Und auch der Schlicht jetzt direkt ihrem Gatten ins Gesicht reinblicken kann. »Wir haben heute einen Gast. Ein Freund von unserem Herrn Ingenieur.« Und nickt er Schlicht kurz zu, der Aufgewachte, aus dessen Nase noch die Magensonde ragt. »Lass dir ruhig Zeit. Ich werd ihm erst mal einen Aperitif anbieten.« Und während sie im Wohnzimmer dort an der Minibar ihm routiniert nun einen Drink anrührt, versinkt der Schlicht in einem Sitzmöbel von äußerster Gemütlichkeit. Und schweift der Blick von ihm jetzt raus über die Stadt, die ihm durch die getönte Scheibe unendlich unterkühlt erscheint. Als würd das Glas die Hitzewelle subtrahieren. Die hier heroben nur als kühler Hauch mehr brandet. Und reicht sie ihm das Glas mit reichlich Eis und einer unerträglich roten Kirsche drin. Das alles passiere auf seinen ausdrücklichen Wunsch. Ihr Gatte habe die Konditionen seiner Lebensumstände persönlich so gestaltet. Jedes Detail, jede auch noch so kleine Maßnahme, alles hier geschehe so, wie er es wolle. Dass dies mit einem gewissen beruflichen Interesse ihrerseits zusammenfalle, sei eine, nun ja, glückliche Fügung. Sie stehe ihm, was es, das Fachliche, anlangt, stehe sie ihm natürlich bestmöglich zur Seite. Sie kläre ihren Gatten auf über die Risiken und Nebenwirkungen, die Entscheidungen lägen aber zur Gänze bei ihm. Sie dränge ihn zu nichts, vermeide es aber auch, ihm etwas vorschnell auszureden. Der Mensch sei nun einmal ein freies Wesen. Und rührt jetzt mit der Kirsche da in ihrem Glas, dass es, das Eis, sich klirrend dreht darin. Diese Freiheit beinhalte nun mal auch die radikalsten Entscheidungen, im Extremfall auch gegen sich selbst, zu treffen. Dass sie aus rein gesundheitlicher Sicht jedem abraten würde, eine derart strapaziöse Behandlung an sich durchzuführen, verstehe sich von selbst. Es gebe jedoch tiefere Überzeugungen, die eine gewisse Opferbereitschaft mit sich bringen würden. Opfer, die heute die wenigsten noch bringen wollen, vor allem wenn es um etwas scheinbar Flüchtiges wie um die Idee von Freiheit gehe. Ihr Gatte habe seine Gründe jedenfalls, warum er eine derart asketische Lebensform für sich gewählt, und müsse man der innren Gewissheit folgend allen Bevormundungsversuchen trotzen, um wahre Mündigkeit dann zu erreichen. Soll sich der Volksmund ruhig das Volksmaul doch zerreißen, wenn ihm so etwas Ausgefallenes, etwas Bizarres und Beängstigendes unterkomme, sie werde es vermeiden, sich moralisch über solch schwerwiegende Entscheidungen zu stellen. Und kippt sich jetzt den Drink mitsamt der Kirsche runter. Ihr Gatte habe meist ein paar wenige Anrufe nach dem Aufwachen zu tätigen, Geschäftliches. Sie werde aber jetzt mal sehen nach ihm, ob er nun schon so weit. Und Schlicht, der sich nun unbeholfen wie ein Kleinkind wieder aus dem Sofa schält, sieht sich ein bisschen um in dieser für ihn fremden Welt. Ein Bösendorfer, darauf in Silberrahmen Fotos von alten Autos. Eines ein Cabrio, darin die Bitter mit wehendem Schal und riesiger Sonnenbrille. An der Wand ein aufgeklappter Sekretär, dort auf der Arbeitsfläche ein buntes Flugblatt, darauf der Kopf von einem Saurier, das Maul weit aufgerissen. Umringt von einem Banner mit dem Werbespruch: *Wir lassen längst versunkne Welten wiederauferstehen.* Die Küche, die nahtlos an das Wohnzimmer angrenzt, gänzlich aus spiegelglatten Oberflächen. Nur in der Ecke lauert drohend ein Entsafter wie ein Ungetüm. Der Kühlschrank ist ein Marktstand. Der Tiefkühler dagegen nur enttäuschend, ein Stück Butter und eine Flasche Schnaps. Und stellt sich jetzt ganz vorne an die Fensterfront, legt seinen Kopf dort an die Glasscheibe, dass er an seinen Füßen vorbei bis runter auf die Straße sieht. So steht er schwebend überm Abgrund jetzt, der Schlicht. Und stellt sich vor, dass vor ihm keine Scheibe mehr, die ihn vom Abgrund trennt, und er hinunterfallen würd und auf die Straße zu, wo ein Kanaldeckel geöffnet, und fällt hinein, die Schächte runter, und immer tiefer rein da in die Erde und denkt in sich, dass muss dieser Geheimgang sein, von dem er schon als Kind geträumt, der durch die Erde durch, um dann am andren End, in China, wieder aufzutauchen. Und fällt und fällt, fällt endlos, ohne Grund.

Es zuckt, der Schlicht, zuckt kurz zusammen jetzt, weil er da aus dem Tagtraum fällt, in den er grad so schön versunken, dass er die beiden nicht hat kommen hören. Es hat die Bitter ihren Mann im Rollstuhl dicht ran an ihn gerollt, der immer noch mit seiner Stirn dort an der Scheibe lehnt. »Sie entschuldigen«, er habe noch Anweisungen geben müssen. Weil wenn einer, so wie er, verzichte auf den Gebrauch des eignen Körpers, dann brauche man so einen zweiten Körper, eine Körperschaft, die die Geschäfte dann an seiner statt würd führen. Und habe er drum ein, zwei Unterläufel kontaktiert, um neue Order auszugeben. Nun gehöre aber sein vollstes Interesse ihm und natürlich seiner Liebsten. »Was wird uns heut denn Feines aufgetischt?« Es hätt der Fleischer ihr, hätt hinter seiner Fleischerhand, der vorgehaltnen, hätt er ihr Stopfleber heut angeboten. Da habe sie nicht nein zu ihm, dem Fleischer, sagen können, hinter seiner vorgehaltnen Hand. »Gibt Schlimmeres als frische Stopfleber. Ich nehme an, dass meine Frau Sie schon etwas ins Bild gesetzt, nun ja, was meine allgemeine Lage anlangt.« Und Schlicht, dem immer noch von diesem Sturz im Traum da durch die Erde die Knie ein bisschen weich: »Die Frau Doktor hat gemeint, dass Sie für dieses künstliche Koma sich frei entschieden hätten.« Er, der Gatte von der Bitter, bevorzuge den Ausdruck künstlicher Tiefschlaf, da man doch in der Medizin von einem Koma nur spreche, wenn es sich um einen unkontrollierten Bewusstseinsverlust handle. Auch wenn es ihm darum gehe, seine Kontrolle über sich selbst gänzlich abzugeben, so sei dieser Vorgang selbst alles andere als unkontrolliert. Es gehe dabei vielmehr um eine medikamentös herbeigeführte Bewusstseinsverminderung. Um all diese Prozesse so geordnet wie möglich ablaufen zu lassen, arbeite er auf das engste mit seiner allerliebsten Frau Gemahlin zusammen. Es gehe um die feinste Regulierung all der Sedative, die im Zusammenspiel erst jenen Zustand herbeiführen würden, in dem er sich im Tiefschlaf dann befinde. Es sei ihm mehr als wichtig, darauf hinzuweisen, dass es ihm dabei keinesfalls um Schmerzvermeidung gehe oder die Flucht vor all den Leiden, die diese Welt für uns bereithalte. Kurz gesagt, dies sei kein verschleppter Suizid. Er sei nicht lebensmüde, ganz im Gegenteil. Es gehe ihm vielmehr darum, dieses Schneckenhaus endgültig zu verlassen, das wir mit diesem kleinen Wörtchen »ich« markieren würden.

Und haben sie, der Schlicht, die Bitter und ihr Gatte, dort an der Tafel Platz genommen, die für ein Dutzend Gäste ausgelegt. Vor ihnen jeweils ein dampfender Teller Pastinakensuppe. Er, der Gatte von der Bitter, hasse Pastinakensuppe, sie wisse auch, dass er sie hasse, trotzdem gebe es immer wieder nach dem Aufwachen Pastinakensuppe. Und grinst die Bitter verstohlen in sich rein. Es sei ihm immer noch ein Rätsel, ob seine Frau diese Suppe nur besonders gut leiden könne und er deshalb immer nach dem Aufwachen vor einem solchen Teller sitzen müsse, oder ob es ein verstecktes Signal von ihr, der Martha sei, dass, wenn man eine andre Suppe wolle, man sich aktiv am Leben auch beteiligen müsse. Und grinst jetzt wieder sie, die Bitter. Es lasse aber die Aussicht auf Stopfleber, lasse ihm dieses Pastinakensüppchen als vernachlässigbares Begleitsymptom erscheinen. Und wärmt die Suppe jetzt den Schlicht, dem fast ein wenig fröstelt hier in dieser überklimatisierten Dachwohnung. Und will sich der Gatte von der Bitter noch einmal klarer ausdrücken. Es gehe ihm in dieser scheinbaren Abkehr von der Geschäftigkeit der Welt, in der Zurückgezogenheit seiner radikal kontemplativen Lebensweise, darum, tiefer ins innerst Innere unserer Wirklichkeit vorzustoßen. Der Weg zu tieferer Glückseligkeit führe nun mal über die Reduktion, das Weglassen von allem, was so überflüssig wie dieses Pastinakensüppchen. Und schiebt, schiebt angeekelt jetzt den Teller von sich weg. Hätt man das erst einmal verstanden, dann merke man recht schnell, dass man die eigne Sinneswahrnehmung und es, das Denken, überwinden müsse, da sie der Täuschung und dem Irrglauben immer wieder aufs Neue erliegen würden. Und hätt man für sich dann akzeptiert, dass alles Denken und Erkennen im Grunde zum Scheitern gezwungen sei, hätt man sie als Hindernis verstanden, das man so schnell es geht zu überwinden habe, dann erst könne dieses Scheitern als Geschenk verstanden werden, als Grundvoraussetzung einer weit tieferen Erfahrung. So dringe man erst vor zum unsichtbaren, unfassbaren Kern der Wirklichkeit, den sie vor uns gekonnt verbirgt. Denn dann erst würden wir es schaffen, einen Zugang zu ihr, der sogenannten Realität, zu finden ohne den Umweg über unsren unglaublich defizitären, gärenden, gammelnden Leib. Und kann die Doktor Bitter angewidert jetzt ein »Mahlzeit« sich nicht mehr verkneifen. Es habe jede Epoche ihre Wege hervorgebracht, sich dieses Abfallproduktes der Menschwerdung, namens Subjekt, zu entledigen. Sei es über den Weg der Askese, des Tanzes oder des Gebetes einen Grad der Versenkung zu erreichen, der uns dann trennt von dem, was wir zuvor für unseren Kern gehalten. Methoden und Praktiken, um zu einer

Leere des Selbst zu gelangen, die eine eigentliche Fülle darstelle. Heute jedoch würde uns die moderne Pharmakologie
die Werkzeuge in die Hände legen, oder besser in die Hände
seiner Gattin legen, um auch noch einen Schritt weiterzuge-
hen, dort wo eine namenlose Leere zu uns spreche. Und
trägt die Bitter jetzt die übergroßen Teller auf, in deren Mitte
sich ein Haufen bunter Flecken tummelt, wie hingemalt,
und da im Zentrum ein marmoriert hautfarbener Block, das
ist die Stopfleber. Und steckt die Bitter ihrem Gatten jetzt die
Stoffserviette in den Kragen, damit er sich den seidnen
Schlafanzug nicht anpatzt noch. Und deutet er nun mit dem
Messer da auf ihn, den Schlicht. »So viel erst mal zu mir.
Was ist mit Ihnen, was bringt Sie denn zu uns?« Der Herr
Ingenieur Huber habe ihn auf sie verwiesen, er, der Schlicht,
sei nämlich auf der Suche nach dem Doktor Schauer. Der
sei von einem auf den andern Tag verschwunden, weshalb
sich seine Tochter auch die allergrößten Sorgen mache. Sie
habe ihn nun engagiert, um ihren Vater aufzuspüren. Er
habe aber bisher kaum Hinweise auf den Verbleib von ihrem
Vater finden können, außer der vagen Vermutung, dass der
Kerninger, der ihnen vielleicht aus den Medien schon ein
Begriff, dass dieser Ministerialrat Kerninger da in die Sache
involviert. »Der Schauer ist ein guter alter Freund von uns«,
meint sie, die Bitter, auch wenn sie nun schon seit geraumer
Zeit nichts mehr von ihm gehört habe. Als sie das letzte Mal
mit ihm am Telefon gesprochen, da habe er etwas verwirrt
geklungen, das fällt ihr wieder ein, dass sie damals am Telefon sich schon gedacht, dass er etwas verwirrt. Er wisse ja
vielleicht, in welcher aussichtslosen Lage sich der Schauer
gesundheitlich befunden habe. Sie hätte ihm auch angeboten, palliativtherapeutisch tätig zu werden, um ihn einigermaßen frei von Schmerzen einzustellen. Er aber hätte von

Versuchen gesprochen, Versuchen, einen neuen Umgang mit seiner Situation zu finden. Er habe neue Erkenntnisse gewonnen, Erkenntnisse, die ihm einen gangbaren Weg aufzeigen würden. Sie hätte ihn gebeten, sich jederzeit bei ihr zu melden, wenn ihm da etwas auf seiner Seele liege. Und meint auch er, der Gatte von der Bitter, jetzt, dass es wohl eine äußerst fordernde Situation, hätt man erst mal gespürt, dass da der Tod an einen tritt. Es sei wohl auch diejenige Eigenschaft, die ihn, den Menschen, am entschiedensten da vom Getier absondere. Das Tier wird sich des Todes erst bewusst im Todesschrei, während der Mensch in seinem ganzen kulturellen Dasein von diesem einen finstren Fluchtpunkt aus bestimmt sei. Freilich gebe es auch Ausnahmen wie Rabenvögel, die zum Sterben ihre ausgewählten Plätze suchen. Aber das volle Bewusstsein über die eigene Sterblichkeit erlange nur der Mensch. Und könnte er sich vorstellen, dass er, der Schauer, auch gewisse Vorkehrung getroffen, um sich da auf den Übergang, der ihm nun mal bevorstehe, bestmöglich sich drauf vorzubereiten. Es ließe sich der Tod bekanntermaßen ja nicht proben, aber man könne sich im Leben schon eine gewisse innere Gestimmtheit da zum Tode hin aneignen, die einem diesen Übergang erleichtern würd. Und räuspert sich die Bitter jetzt, um ihrem Gatten mitzuteilen, dass das genug jetzt sei, dass er nicht weiter das Gespräch in diese Richtung treiben solle. Doch lässt er sich, wenn er erst mal in Fahrt, von keinem Räuspern so schnell aufhalten. Er selbst habe, wenn man so will, sich schon im Leben eine gewisse Gelöstheit antrainiert, die Ängste und Sorgen eines kleinlich subjektiven Denkens überwunden. Und mahnt ihn seine Gattin vorsorglich, dass es jetzt wirklich reiche. Er sehe ihn, den Tod, nur mehr als einen guten alten Freund, der ihn von diesem immer schon verwesenden, dem stinkend gammligen Leib befreien werde. Der Tod schäle ihn raus aus dieser faulen Frucht, die ohne ihn verwesen könne. »Schluss jetzt!«, schreit sie, die Bitter, außer sich. Sein Leib, meint er, sei doch schon dieses wurmzerfressene Grab, aus dem er da im Augenblick des Todes heraus dann steigen werde. Bis dahin rotte dieser vor sich hin, während der Geist sich immer wieder aufs Neue aus sich raus gebäre. Wie so ein Neugeborenes schlüpfe der gepflegte Geist am letzten Tag aus uns heraus. Der Tod erlöse ihn aus all dem irdischen Dreck. Und sinkt erschöpft nun wieder da in sich zusammen, greift nach dem silbernen Besteck, um sich an dieser Stopfleber zu stärken. Hastig stopft er sie, die Stopfleber, da in sich rein. Greift nach dem Weinglas, um das Stück hinunter sich zu spülen. Da hustet er, weil dieser Brocken Leber nicht seinen Weg da in den Magen finden will, nein, pfropft sich drauf auf seine Luftröhre, und ist der Schluckreflex zu schwach, und auch der Wein, mit dem er seinen Atemweg frei sich spülen will, hilft nun nichts mehr. Und hustet, prustet röchelnd vor sich hin. Und steigt die kalte Angst ihm ins Gesicht. Stimmlos stammelt er: »Helft mir, helft mir!« Und will aufspringen er, der Schlicht. Da merkt er erst, dass sie, die Bitter, hinter ihm und ihn zurück da in den Thonetsessel drückt. Und während er, der Gatte, verzweifelt um ein bisschen Luft noch ringt, da schreitet sie, die Bitter, mit einer seltsamen Gelassenheit, als kenne sie auch diese Prozedur nur allzu gut, schreitet grinsend sie die Tafel runter. Um ihrem Gatten dann von hinten mit beiden Armen um die Brust zu fassen, den Heimlich-Griff zur Anwendung zu bringen. Und presst nun wiederholt die Faust da in die Magengrube ihm, bis dass der Pfropfen Stopfleber sich löst, um dann in hohem Bogen durch den Raum zu schießen und da auf dieser Obstschüssel, die mitten auf dem Tisch, wie so ein Meteorit, ein fleischiger, dann einzuschlagen. Zwischen all den Südfrüchten ein stopfleberner Krater. »Hat das jetzt wieder müssen sein?« Woraufhin er, der Gatte, der in sich zusammengesackt, ein Häufchen Elend da in seinem Rollstuhl drin, nur meint, dass es ihn durchaus hätt gefreut, Schlichts Bekanntschaft auch zu machen, er müsse sich nun aber erst einmal etwas zurückziehen wieder. Und rollt nun surrend dieser Rollstuhl, der elektrische, den Leib von ihm, dem Gatten von der Bitter, wieder zurück durch diesen langen, langen Gang in seine Eremitenklause. Während die Bitter nun den Schlicht hinausbegleitet. Sie hätt ihn warnen sollen, den Schlicht, was ihn erwarten würd bei ihnen. Aber wo bliebe denn die Überraschung. Dass das doch sterbenslangweilig dann wäre, wenn man bei allem schon von Anfang an wüsst, was einen noch erwarten würd, oder? Der Schauer habe sich im Übrigen dann noch einmal bei ihr gemeldet, das falle ihr grad wieder ein. Sie wisse von dem Plan, dem Plan mit seinem Tiefkühlkosttransporter. Weil sie, die Bitter, dem Schauer das Schlafmittel verabreichen hätt sollen. Nur habe er, der Schauer, da am Telefon, da habe er davon nichts wissen wollen mehr. Er habe jetzt verstanden, dass er sich nicht feige vor der Zeit heimlich hinausstehlen dürfe. Dass er das letzte Du-sollst-nicht-sein, dass er sich das nicht selber wolle zuflüstern, das müsse schon der Tod selbst, so grausam er auch sei, das müsse er ihm selber sagen. Bis dahin werde er aber alles daransetzen, noch hier unter den Lebenden zu bleiben. Sein Werk sei nämlich noch nicht ganz vollbracht. Er müsse sich noch absichern gegen die, die nach ihm kommen. Weil eines könne er ihr sagen, mit absoluter Sicherheit. Dass man da in den Kindern weiterlebe, das sei die unheimlichste Lüge, die es gebe. Wenn er jetzt sterben würde, das wär ein Tanzen da auf seinem Grab. »Da riss die Leitung plötzlich ab, und nur ein Dauerton blieb da zurück.« Und schlägt die Bitter die Stahltür metallen klackend hinter ihm jetzt zu, dass es arg hallt da durch das Treppenhaus. Und steht er ganz allein mit all den Fragen da in ihm. Steigt diesem Echo nach die Treppe runter, und wird's mit jedem Stockwerk, das er hinuntersteigt, wird's heißer und heißer, bis er ganz unten wieder in der Glut der Straße angekommen.

Fleur fatal

Nur dass da auf der andren Seite von der Stahltür, oben unterm Dach, der Stoßimpuls in eine andere Richtung. Greift nun die Bitter nach dem Hörer von dem Telefon, um ihren alten Freund, den Kerninger, zu kontaktieren. Es hat die Bitter viele gute alte Freunde, doch der Kerninger ist einer von den ältesten und besten, mit dem sie schon zu Studienzeiten politisch und auch anders tätig war. Und muss sie drum, die Bitter, muss ihn jetzt informieren in dieser Sache mit dem Schlicht, dem Schauer und dessen spurlosem Verschwinden. Und jedes Wort, das sie, die Bitter, da in den Hörer spricht, kommt wie ein Kugelstoß jetzt an, da in dem Ohr von ihm, dem Kerninger. Und reicht bei einem metastabilen Kräftegleichgewicht höchster Potenz, wie es da drin im Kerninger grad herrscht, reicht schon ein klein bisschen Aktivierungsenergie, um ihn, den Kerninger, als Ganzes ins Rollen dann zu bringen. In diesem Fall genügen ein paar Worte: »Der Schlicht steckt seine Nase etwas tief in diese Angelegenheit. Dein Name ist des Öfteren gefallen.« Und Kettenreaktionen jetzt da in dem Kerninger, weil in ihm drin der Druck, dieser politische und auch der andere, der Druck steigt etwas hoch, steigt über dem Kerninger sein Fassungsvermögen. Und muss er sich drum, wenn er die Fassung nicht verlieren, wenn er nicht platzen, wenn er nicht aus der Haut, der seinen, rausfahren will, muss er sich schleunigst ein Ventil drum suchen, um diesen Druck dann abzulassen. Und weil es zwischen ihm und dem Inspektor gerade diese Spannungen halt gibt und er drum nicht auf ihn zurück mehr greifen will. Und weil der Kerninger sich diese Nase von dem Schlicht nirgends nicht hinstecken lassen will, schon gar nicht da in diese unangenehme Angelegenheit, die Sache Schauer. Drum steht er jetzt, der Kerninger, dort in dem Blumenladen drin, dort zwischen weißen Lilien und Sumpfkrügen. Und quält den Kerninger der Magen, der mitten da im Blütenduft den übelsten Sodbrand bekommt, weil eine solche Lage, eine Situation, die ihm so gar nicht passt, die schlägt sich nun mal übelst auf den Magen. Und wieder stößt's ihm sauer auf, dass er sich kurz die Hand vor seinen Mund hinhalten muss. Schluckt diesen sauren Magensaft wieder hinunter in den Magen, damit er dann aufs Neue wieder seinen Weg die Speiseröhre rauf und in den Mund hinein von ihm, dem Kerninger, dann machen kann. Reißt einen ganzen Strauß Tulpen jetzt heraus da aus der Vase und zerreißt sie in der Luft, zerfetzt, zerhackt sie regelrecht, was sonst doch wirklich nicht so seine Art. Das Aus-der-Haut-Rausfahren überlässt er für gewöhnlich anderen. Dafür hat er doch einen Stab, Beraterinnen und Berater, Handlanger seiner Macht, die sich dann für gewöhnlich die Hände schmutzig machen dürfen. Während der Kerninger die Ruhe selbst, das Auge da im Sturme seiner Macht. Nur, so allein wie er jetzt ist mit seinem Sodbrand da im Blumenladen drin, bleibt ihm nichts andres übrig, als selbst herauszufahren aus der Haut, der seinen, wieder mal. Da vor ihm auf dem Boden liegt ein Häufchen kleingehackter Blumenreste nun. Zermatschte Blütenblätter, Biomüll. Spuckt bisschen von dem Magensaft von ihm jetzt drauf, den er nicht wieder schlucken will. Dass man ihn hat in so eine Erregung bringen müssen, ist unverzeihlich. Wenn eine Sache ihm so gar nicht recht entspricht, dann ist es eine solche Unannehmlichkeit. Ist eigentlich doch eine Sanftnatur, die keiner Blume gern etwas zuleide tut. Doch dass man ihn dahin getrieben. Dass man ihn reizen muss, bis dass das Blut ihm kocht. Dass er zu radikalen Maßnahmen gezwungen ist. Das hat er sich, der Kerninger, hat er sich wirklich nicht verdient. Und wird drum jemand dafür büßen müssen. Da kickt er jetzt, der Kerninger, mit seinem Fuß die Staffelei mit einem Kranz drauf um. Und flattert sie im Sturz, die Kondolenzkranzschleife, darauf in goldnen Lettern flirrt der Spruch In unser aller Herzen unvergessen und auf der zweiten Schleife Lass dich von Gott umarmen, lieber Günther. Und hat der Krach jetzt auch diesen Fleuristen aufgeweckt, der irgendwo in einem Hinterzimmer ein Schläfchen hat gehalten. Und schlüpft jetzt diese hagere Gestalt, die dem Fleuristen Urbanek seine ist, schlüpft zwischen Moospolstern und Farnen wie so ein Kriechtier aus dem Waldboden heraus. Wenn jemand einen grünen Daumen, dann er, der Urbanek. Der sich ganz aufgeopfert für die Pflanzen, die diesen Laden ganz und gar schon überwuchern. Von außen könnte man den Eindruck kriegen, dass das nicht mehr als so ein Liebhaberprojekt, weil dieser Blumenladen, nun ja, nicht gerade einladend hat ausgesehen. Kein Schild und keine Leuchtreklame. Kein Bitte eintreten, nicht mal die Öffnungszeiten an der Eingangstür. Die Scheiben Jahr und Tag beschlagen, dass der Passantinnenblick kaum einen Meter tief da in die grüne Hölle, die hier drinnen herrscht, kann vordringen. Dass dieser zugewachsne Laden, der von der wildesten Natur zurückerobert scheint, doch ein florierendes Geschäftsmodell ist, liegt wohl daran, dass der Herr Urbanek eine ganz besondre Dienstleistung auch anbietet, ein todsicheres Geschäft, wie man so sagt. Eine Goldgrube: Lebend-Begräbnisse. Im großen Stil.

Also als eine Art Grußbotschaft. Weil wenn es eines gibt, von dem er überzeugt, der Urbanek, dann dass im Angesicht des Todes, da in dem letzten Augenblick, man noch mal anders auf die Welt draufblickt. Liegt man erst die zwei Meter tiefer, beginnt ein Umdenken im Menschen drin. Gerad in schwierigen Entscheidungsprozessen kann so eine Beerdigung bei lebendigem Leibe, kann wirklich wahre Wunder tun. Es läuft wie folgt: Der Kunde, also der »andere« Kunde, kommt in den Blumenladen, und statt gewohnt unschlüssigem Gefrage, wie viel denn für den Trauerschmuck man zu entlöhnen, ohne sich freilich zu blamieren, bestellt der »andere« Kunde ohne große Umschweife eine »venezianische Trauerfeier«. Genau in diesem Wortlaut. Dann hinterlässt er Name und Adresse von der Zielperson. Woraufhin er, der Urbanek, einen angemessenen Geldbetrag auf einen Zettel schreibt. Und darin liegt die eigentliche Krux der Sache. Man muss sich auskennen, wer wie viel wert ist auf dem Markt und welche Risiken damit verbunden. Muss auch in manchen Fällen, wenn der Fisch zu groß, die Finger davon lassen, weil doch ein solches Unterfangen auch schiefgehen kann. Worauf, ist man sich einig mal geworden, sein Gärtnereigehilfe, der Eduard, noch in der nächsten Nacht loszieht, um diese Zielperson an einem für die Zwecke gut gewählten Ort dann zu vergraben. Dabei ist strengstens drauf zu achten, das hat er ihm schärfstens eingebläut, dass man die »Probeleiche« nicht länger als 17 Minuten unten lassen darf. Klingt nicht nach viel, doch da im Sarg, in dieser Ausweglosigkeit, da ist das eine Ewigkeit. Da scharren manche sich die Finger wund am Sargdeckel, dass er danach ganz blutig ist. Auf Wunsch wird gerne auch ein kleines Grußkärtchen der Zielperson, bevor sie wieder ausgesetzt wird, zugesteckt. Wie schon gesagt, ein todsicheres Geschäft. Und möcht man gar nicht glauben, was manch einer bereit ist, für diese »Dienstleistung« zu zahlen. Insbesondere als es in oberen Betriebsführungskreisen die Runde machte, wie motivationsbrechend eine solche Maßnahme auf potenzielle Mitbewerber wirken kann.

Und steht darum der Kerninger dort im trüben Licht, das durch das Schaufenster wie durch so eine Nebelbank hereinfällt in den Laden, steht vor dem Urbanek, der schweigend die Spuren von dem Wutausbruch von ihm, dem Kerninger, betrachtet. Und stellt gemächlich nun die Staffelei, die hölzerne, ächzend wieder auf, um diesen Kondolenzkranz darauf dann zu drapieren. Um, wieder da hinter der Theke angekommen, ein nasales »Der Herr wünschen« in den Raum, den zugewucherten, hineinzustellen. Worauf der Kerninger, der oberflächlich nun zu einer Contenance zurückgefunden hat, nun meint, es gehe um eine venezianische Trauerfeier. In diesem Wortlaut. »Venezianische Trauerfeier«, sagt er, der Kerninger, und legt den Zettel da auf die Theke vor den Urbanek. Der ihn, den Kerninger, beäugt, und dann den Zettel. Und brummt da in sich rein, der Urbanek, kratzt sich im Nacken, brummt noch einmal. »Nun gut.« Er hätte auch noch einen Trauersänger bei der Hand, diskret und äußerst wirkungsvoll, der hätt sogar schon an der Staatsoper gesungen. Wenn der das *Lacrimosa* anstimme, dann bliebe keiner ungerührt, das könne er ihm garantieren. Das mache eine solche Intervention zur außerweltlichen Erfahrung. Und meint der Kerninger jetzt nur: »Es soll der Trauerfeier an nichts fehlen.« Worauf der Urbanek unverständlich vor sich hin murmelt, bis endlich er eine nicht gerade kleine Summe auf den Zettel kritzelt, den er dem Kerninger hinüberschiebt. Der dann kurz nickt. Und ist der Deal damit besiegelt. Der Kerninger holt aus der Innentasche von dem Sakko ein Kuvert, aus dem er ein paar Scheine zählt, die er in seiner Hosentasche dann verschwinden lässt, um den noch immer prall gefüllten Umschlag auf den Geschäftstisch dann zu legen. Der Urbanek zählt noch mal nach, ist alles da. Es freue ihn, mit ihm, dem Kerninger, wieder in Geschäftsverbindungen zu treten. Er werde darauf achten, dass alles zu seiner höchsten Zufriedenheit werde ablaufen. Und hat darum tags drauf der Schlicht auch schon ein schwarzes Kärtchen in der Hand, das muss des nächtens jemand unter seiner Türe durchgeschoben haben. *Hab Ihnen noch was mitzuteilen in der Sache Schauer. Wir treffen uns an sichrem Ort. Krieau Alte Stallungen, um Mitternacht.* Gezeichnet *Frau Doktor Bitter.*

Und ist jetzt endlich Nacht geworden, und auch der letzte helle Streifen da im Westen ist nun hinter den Horizont gerutscht, jetzt schlüpft das nachtaktive Kriechtier aus den Ritzen, in denen es den Tag verbracht, und um die Straßenleuchten tummeln sich die Eintagsfliegen, die sich mit reichlich Kunstlicht über ihr nahes Ende täuschen wollen. Und aus den Praterauen hört man vereinzelt Paarungslaute ausgewachsner Wiener Klein- und Groß- und Mittelbürger. Während ein paar Laubfrösche, die nicht wie ihre Artgenossen schon vertrocknet, müde ihre Schallblase am Kinn aufblähen. Da mittenrein hört man es scheppern jetzt, als er, der Schlicht, über den Zaun dort an der Trabrennbahn hinüberklettert. Und denkt in sich, er hätte nicht allein herkommen sollen, dass das kein Ort und keine Uhrzeit, um sich allein herumzutreiben, gerad in dieser Angelegenheit. Wollt ja den Fabian als kleine Lebensversicherung sich mitnehmen, nur war der Fabian nicht drin in seinem Laden, was bisher noch nicht vorgekommen war. Und auch das Telefon war abgedreht. Drum denkt er jetzt, der Schlicht, sollt ihm hier etwas zustoßen, so wär's zumindest dem Fabian dann eine Lehre, wenn er schon nicht in seinem Laden, dass er zumindest dann das Telefon anschalten müsse. Der Schlicht schleicht nun der Trabrennbahn entlang, wo sonst die Pferde mit den Jockeys im Schlepptau Runden laufen, damit das Publikum dann auf sie wetten kann. Und haben so manche sich hier regelrecht saniert, der Großteil aber hat dieses bisschen, das man ja selber nicht einmal besessen, sich vielleicht vorher noch geliehen hat, bei irgendeinem Halsabschneider, auch das dann noch verspielt. Und trotzdem kommen sie beim nächsten Rennen wieder, und wieder, weil diese Möglichkeit, so unwahrscheinlich sie auch ist, die Möglichkeit, im Bruchteil eines Augenblicks, im Fotofinish doch sein ganzes Schicksal dann zu drehen, dieser Möglichkeit wegen sind die Spieler immer wieder hier, reine Potenzialität. Und geht es für die meisten, die es geschafft, sich hier mit einem großen Wurf aus ihren Umständen zu wetten, geht es darum erst recht bergab. Weil es in Wirklichkeit um diese Schwebe geht, da zwischen Haaresbreite und Haaresbreite, in der das Unmögliche für einen Augenaufschlag, einen Pferdetritt, für einen Schnappschuss als das Wirklichste erscheint. Und steuert er, der Schlicht, zu auf die Stallungen, das Haupthaus mit der großen Uhr, darüber schaut ein Pferdekopf weiß aus der Wand wie eine Jagdtrophäe. Unter seinem strengen Pferdeblick schreitet er, der Schlicht, durch dieses Tor darunter, um zu den Stallungen zu kommen. Die Gasse runter auf der Suche nach der Bitter, vorbei an leeren Koppeln, an Pferdeanhängern, Heuhaufen. Da tritt er rein in einen Pferdeapfel, der mitten auf dem Schotterweg, und flucht der Schlicht lauthals, dass er es gänzlich überhört, wie jemand aus der Koppel raus und sich an ihn herangepirscht, um ihm nun den Pistolenlauf da in den Rücken reinzudrücken. »Nicht umdrehn, sonst knallt's.« Und weil der Körper von dem Schlicht aus irgend so einem Reflex heraus sich doch drehen will. Drum drückt der Mann da hinter ihm, drückt den Revolverlauf jetzt noch mal fester ihm ins Kreuz, dass es ihn stechend schmerzt. »Mitkommen, die Gasse runter.« Von weitem hört man plötzlich jemand singen. Und geht der Schlicht drauf zu. Bringt ihn ums Eck am Ende von der Gasse, wo so ein Bauzaun eine Lücke hat. Dahinter steht ein Baucontainer, darauf in großen Lettern: *Wir bauen hier Ihr neues Leben.* Es hat nämlich der Pferderennverband hier seine Pachtgründe der Stadt zurückgegeben, damit ein neues Viertel dann entstehen kann. Dort wo die alten Ställe waren, ragt bald ein exklusiver Wohnsilo, mit Blick da auf den Prater und die Rennbahnen. Und steigen sie, die beiden, runter jetzt da in die Baugrube, wo man am Grund der Grube eine finstere Gestalt ausmachen kann. Mit einer Kerze in der Hand und einer Sturmhaube am Kopf singt markerschütternd schön: »Lacrimosa dies illa, qua resurget ex favilla, judicandus homo reus.« Und sieht jetzt da im Schein der Kerze, dass dort ein dunkles Loch ist ausgehoben, an dem der Sänger steht. Ein tiefes Loch da in der Baugrube, wo später mal die Tiefgarage von den Townhouse-Wohnungen. Und nähert sich dem Abgrund Schritt für Schritt. Sieht jetzt den Kranz mit dieser Schleife dran, darauf geschrieben: »Geh du voraus, geliebter Franz.« Und stößt der Schlicht mit seinem Fuß nun gegen etwas Hölzernes, da sieht er erst, dass da ein offner Sarg, da vor dem Loch. Wundert sich noch einen Augenblick, was das denn alles soll. Da stößt ihn dieser jemand hinter ihm, da in den Sarg hinein. Dass hölzern er in diese letzte Kiste fällt. Und will sich wieder aufrappeln, ist schon der Deckel drauf. Und presst mit aller Kraft sich jetzt dagegen, versucht, mit Händen und mit Füßen den Deckel wieder aufzustoßen, doch rührt sich keinen Millimeter mehr. Hört es von draußen hämmern jetzt, da fährt die Todesangst ihm in die Glieder. Jeder Hammerschlag, auf jeden Sargnagel, wie so ein Schlag auf seinen Kopf, und spürt mit einem Mal die Wunde wieder da an seinem Hinterkopf, die er beinahe schon vergessen hätt. Und schreit, schreit sich jetzt nicht nur sprichwörtlich die Seele aus dem Leib. Da heben sie den Sarg jetzt auf und lassen ihn an Seilen in die Grube runter, dass unsanft er dort unten aufsetzt. Er hält kurz inne, er, der Schlicht. Hört dumpf den Sänger noch von draußen, dann wie die Erde schaufelweise auf den Deckel von dem Sarg draufprasselt. Und stürzt mit ihr die ganze Ausweglosigkeit, stürzt auf den Schlicht jetzt ein. Fährt sie, die kalte Angst, ihm jetzt in alle Glieder. Und scheint ihm noch mal enger diese hölzerne Kammer, die stockfinstere, in der er sich jetzt dreht, scharrt, stößt und schreit, doch hilft ihm alles nichts. Pulsiert sein Kopf wie eine Pumpe. Fühlt sich fast an, als würd er größer werden, und immer größer pumpt der Schädel sich jetzt auf. Denkt in sich drin, das war es dann, die nächsten Jahre lieg ich und verrotte hier unter einem Parkplatz von irgendeinem SUV. Verzweiflung, bodenlose, macht sich in ihm breit. Nur dass der menschliche Verstand, dass der gerade für die Ausweglosigkeit gemacht. Und schafft es immer wieder, uns von den bedrohlichsten Szenarien auch abzulenken. Auch wenn der Tod schon vor der Tür.

Und weiß natürlich keiner ganz genau, wie man in einer solchen ausweglosen Situation, wie sie der Schlicht erlebt, wie man dann reagieren würd. Und keiner außer ihm, dem Schlicht, weiß, was da in dem Sarg mit ihm passiert und was er womöglich dann viel später erst dazuerfinden wird. Dass er, als er schon Angst, dass er nun völlig den Verstand verliere, als diese Wunde pocht am Hinterkopf wie Pferdetritte und ihm die Todesangst die Luft schon nimmt, kein Stoßgebet kommt ihm da in den Sinn. Kein rettender Gedanke eines Stoikers, der seine akuten Existenznöte beschwichtige, keine zenbuddhistische Weisheit, nein, nur ein Wort, ein Safeword: »Rehragout.« Und spricht es leise aus, da in dem Sarg, zwei Meter unterm Wohnbaugrund. Muss jetzt, er kann nicht anders, als über all das, was ihm zugestoßen, jetzt zu lachen. Obwohl der Sauerstoff ihm langsam knapp, weil sich der Eduard hat oben mit dem Trauersänger derart in die Haare kriegen müssen, darüber, ob es das Erkenntnis oder die Erkenntnis heißen würd, dass er komplett die Zeit vergessen und er, der Schlicht, drum weitaus länger unten schon, als es verträglich. Obwohl die Luft ihm jetzt zum Atmen schon ganz knapp, ist er nun völlig losgelöst, befreit von jeder Angst, und könnte man natürlich medizinisch argumentieren, dass das körpereigne Dopamin vielleicht, das ihm da jetzt ins Blut geschossen. Doch hat der Tod für ihn, den Schlicht, noch nie so warm und weich sich angefühlt wie da in diesem Augenblick. Und auch die Vorstellung, hier zu vergammeln, vor sich hin zu verwesen, langsam zu gären anzufangen, hat plötzlich etwas Erlösendes für ihn, den Schlicht, der aufs angenehmste schleichend sein Bewusstsein grad verliert. Da hat er, Eduard, der Gärtnereigehilfe, oben, da über der Erde, die oder das Erkenntnis, dass sie den Schlicht nun schleunigst ausgraben müssen, wenn er nicht heut schon hopsgehn soll. Und schaufeln wie verrückt, der Eduard und auch der Trauersänger. Als sie den Deckel wieder aufhebeln, liegt da der Körper von dem Schlicht ganz regungslos im Sarg. Scheintot. Und weil die Angst ein weitaus schlechterer Berater als der Humor und man den Sarg mit diesem Toten drin unter keinen Umständen hier auf der Baustelle entdecken darf, drum wollen sie ihn kurzerhand da rüber auf die andre Seite von dem Prater tragen, wo dieser Leichenwagen auch geparkt. Doch als sie mitten auf der Praterhauptallee, kommt ihnen so ein Streifenwagen dann entgegen, dass sie vor Schreck den Sarg mit ihm, dem Schlicht, darin fallen lassen, wo er nun liegen bleibt und sie, die zwei, der Eduard und dieser Trauersänger, Hals über Kopf ins Unterholz sich flüchten. Während sich die beiden Polizisten wundern, was da ein Sarg macht mitten in der Nacht, da auf der Hauptallee.

Leg nur ins Grab dich hin!

Schockgefrostet jetzt, der Schlicht. Wie eines seiner Tief-
kühlkostprodukte, die beim Kontaktgefrierverfahren im
Plattenfroster bei minus fünfzig Grad ihr letztes Fünkchen
Wärme dann abgeben müssen und dieser Tanz der kleinsten
Teile nun zum Stillstand kommt, damit sie schonend konserviert die volle Frische sich bewahren. Und bilden sich so
nur die feinsten Eiskristalle, die auch die Zellstrukturen der
Gewebe nicht zerstören, und diese Flüssigkeit da in der Zelle
beim Auftauen nicht heraus aus ihr, der Zelle, tritt, weil sonst
ja das Produkt die Konsistenz verliert und matschig wird. Die
Kundschaft sucht doch gerade Knackigkeit in dem Produkt,
die nur die Schockfrostung versprechen kann. Und hat der
Fabian ihm mal erzählt, dass ebendieses Schockfrostungs-
verfahren man im Archiv anwende, um Bücher da vor dem
Zerfall zu retten. Dass alte Bücher in den Bibliotheken, von
Schimmelpilzen schon befallen, vor sich hin verwesen würden. Dass es nur eine Frage der Zeit, wann so ein schimme-
liges Buch gänzlich zu Staub zerfallen würd. Weil er, der
Schimmelpilz, sich dann da in die feinsten Fasern von dem
Buch reinfressen würd, zieht seine Fäden da hinein ins infi-
zierte Buch. Und muss die Bibliothekarin schleunigst handeln, wenn sie das todgeweihte Buch noch retten will. Man
hätte deshalb angefangen, Bücher schockzufrosten, um so
schonend als möglich dem Buch die Feuchtigkeit dann zu
entziehen. Derart gefriergetrocknet fehlt dem Pilz im Buch

die lebensnotwendige Flüssigkeit. Und es, das Buch, behält so seine Konsistenz und wird nicht matschig.

Es fühlt der Mund von ihm, dem Schlicht, sich auch grad modrig und gefriergetrocknet an wie so ein altes Buch. Und würd am liebsten jetzt die Augen öffnen, um zu sehen, ob sie, die Welt, noch immer nicht verschwunden, nur fühlen sich die Augenlider viel zu schwer noch an. Spürt jetzt, dass er ganz nackt, dass er auf etwas Kaltem aus Metall grad liegt. Da schüttet irgendetwas in ihm drin ein bisschen Adrenalin ins Blut, dass ihm die Augen weit aufreißt jetzt. Sieht Lüftungsrohre, Leitungen und Neonleuchten, das absolute Gegenteil von diesem Holzdeckel da auf dem Sarg. Und fällt ihm wieder ein, dass er bewusstlos, muss er geworden sein im Sarg, in den man ihn noch vor der Zeit gesteckt. Auch dieser beißende Geruch aus Fäulnis und Chemie hilft ihm, dem Schlicht, nicht auf die Sprünge, wo er sich grad befinden könnt. Versucht vergeblich nun den Kopf etwas zu heben. Damit er sich hier umsehen kann in dieser Welt aus kaltem Stahl, in die es ihn hat nackt hineingeworfen. Und hört jetzt er, der Schlicht, hört ein Geräusch, das ihm bekannt. Ein Knarzen, das durch lange Gänge näher rückt. Gummi auf Linoleumböden. Das ist der Tulp. Immer lauter wird das Knarzen, bis der Tulp da am Seziertisch steht, auf dem der Schlicht liegt aufgebahrt. Er liegt noch immer wie gelähmt, nur seine Augen schauen raus da aus dem regungslosen Leib. Doch er, der Tulp, sieht ihm nicht in die Augen. Aus irgendeinem Aberglauben raus, der tief im Unbewussten drinnen von dem Tulp vergraben, meidet er den Blickkontakt, als könnt über den Blick die Seele wandern. Und weil der Tulp den Toten als ein Präparat begreifen muss, dem er eine Erkenntnis abzuringen hat, drum kann er auch mit einer Seele nichts mehr anfangen. Und richtet sich jetzt alles ein für die Beschau der

Leiche, damit er dann mit eignen Augen sehen kann, was denn die Todesursache gewesen. Stellt klappernd sich das Wägelchen mit seinen Instrumenten an den Tisch, darauf die Zangen, Messer, Knochensägen, die er braucht, um diesen Leib dann aufzubrechen. Und drängt die Zeit, weil er noch eine Leiche liegen hat. Ein Unfall, autoerotischer Natur. Die Gattin hat den Ehemann, als sie vom Einkaufen nachhaus gekommen, tot vorgefunden. Er dürfte sich, um seine Lust zu steigern, die Luft zum Atmen selbst genommen haben. Sie hätte ihn mit ihrer Rüscherlbadehaube über dem Gesicht gefunden, die er sich mit Paketband an den Kopf geklebt. So ungewöhnlich dieser Anblick für die Hinterbliebene, gehören derlei Unfälle in Tulps Seziersaal nicht zur Seltenheit. Und greift der Tulp jetzt nach dem Messer, um an Schlichts Brustkorb diesen Y-Schnitt durchzuführen, der ihm die inneren Organe soll freilegen. Und weil der intensivste Blick, den er, der Schlicht, dem Tulp hat zugeworfen, nichts genützt, drum nimmt er jetzt, der Scheintote, die ganze Kraft zusammen, die da in seinem ausgefrorenen Körper sich noch finden lässt, und hebt, hebt zitternd seine Hand, dass er, der Tulp, den Schreck jetzt seines Lebens. Weil dass die Toten nicht mehr tot, dass sie vielleicht zurück und sich da an den Lebenden, zumal an ihrem Gerichtsmediziner, rächen, ist auch so eine Angst, die tief im Pathologen schlummert. Hätt drum beinah mit dem Skalpell in seiner Hand den Schlicht noch einmal, dafür endgültig, ins Jenseits rüberbefördert. Doch so sitzt er, der Schlicht, kurz drauf in grüner Personalbekleidung und eingehüllt in eine Notfalldecke da im Büro von ihm, dem Tulp. Vor ihm dampfend eine Tasse Instantkaffee, der ihm nun etwas Leben wieder einflößen soll. Es hätt der Amtsarzt, der ihn habe eingewiesen, schon so manchen Schnitzer sich erlaubt, Stichwunden übersehen und dergleichen, aber dass er einen Lebenden für tot erklärt, dass sei nun wirklich die Spitze. Und macht der Tulp jetzt pantomimisch eine Geste, als würd ein unsichtbares Glas er in sich kippen. Nur was der Tulp nicht weiß, ist, dass der Amtsarzt völlig nüchtern war, nur als die beiden Polizisten den Sarg ihm aufgebrochen, da lag der Schlicht, lag kreidebleich darin, und von dem Pferdeapfel, in den er auf der Rennbahn ist gestiegen, ein Gestank, dass ihn der Amtsarzt ungeschaut in die Pathologie hat durchgewunken. Und regt sich darum maßlos auf, der Tulp, weil wenn man da nicht klar die Linie zöge, da zwischen Tod und Leben, da komme man in Teufels Küche. Die Feststellung des Todes durch den Arzt markiere diese Grenze, bis hier sei man lebendig, von nun an tot. Dazwischen hat es nichts zu geben, kein halb tot oder halb lebendig. In dem Moment, in dem der Tod eintrete, löse sich etwas von einem Toten, und zurück blieben nur die Überreste mehr, die Hülle, aus der das Leben ausgetreten. Ihm sei schon klar, dass auch die Medizin, dass die da ihre Zwischenbereiche kenne, Hirntode, aussichtsloses Vegetieren, während die Nerventätigkeit sukzessive aussetze, dass es da durchaus schwierig sei, die Linie klar zu ziehen. Er glaube aber an jenen exakten Punkt der Krisis, an dem es sich entscheide zwischen Tod oder Heilung. Das sei der erste Schnitt, Cut, vor all den anderen, der Schnitt, der sie, die Toten, von den Lebenden dann trenne. Damit das Bild der Toten und das Bild der Lebenden sich nicht vermische. Das gebe er schon zu, dass das aus einem Selbstschutz raus gedacht sei, weil man sonst hier in der Gerichtsmedizin kaum seiner Arbeit nachgehen könnt, wenn man nicht wüsste, dass man es nur mit leblosen Objekten mehr zu tun hätte. Und hätte der Erlöser selbst, hätt sichtlich seine Zweifel dran gehabt, ob es ein guter Einfall sei gewesen, den Lazarus, der schon gestunken nach vier Tagen da im Grab, wieder ins Leben ihn zu holen. Nur schweige da die Bibel drüber, was er, der Lazarus, der doch schon seinen Frieden mit der Welt, was der dazu gesagt, das wüssten wir halt leider nicht. Aus seiner eigenen Erfahrung raus könne er, der Tulp, nur sagen, dass er als eine Leiche, die vier Tage in der sommerlichen Hitze hätt gelegen, allein schon aufgrund der doch recht augenscheinlichen Spuren der Verwesung, er es vorziehen würde, da im Grab drin liegen zu bleiben. So hätten sie erst kürzlich einen Suizid hier auf den Tisch bekommen, ein Ingenieur, der sich in seinem Eigenheim hat eingemauert, nach ein paar Tagen hätte er derart gestunken, dass es eine Passantin auf der Straße dann gemeldet. Und wird dem Schlicht nun klar, dass es sich dabei um den Huber handeln muss. Und fragt jetzt mit dem rechten Maß an Neugier nach, wie dieser Ingenieur denn umgekommen sei. Es sei doch etwas ausgefallen, meint er, der Tulp. Er habe sich in seinem Haus verschanzt, die Polizei hätte auch einiges an Schwierigkeit gehabt, zu seinem Leichnam vorzudringen, da es seinem Haus sicherheitstechnisch an nichts hätt gemangelt, eine Festung, schwerstens einzunehmen. Es scheine, als habe er den Tod sich selber zugefügt, sich heimgedreht, wie man so sagt, mit einer Selbstschussanlage, die er sich zur Verteidigung gebastelt habe. Der Obduktionsbericht solle Klarheit schaffen, ob Unfall und Fremdeinwirkung ausgeschlossen werden könnten. Dies sei vor allem von Interesse, da es in diesem Fall, wie die Kollegen aus dem Dezernat berichten, um ein nicht unbeträchtliches Vermächtnis gehe. Immobilienvermögen. Bei solchen Summen könne man nichts ausschließen, da müsse man in alle Richtungen ermitteln. Es gebe ihm, dem Tulp, ein loser Zahn noch Rätsel auf, den er in seiner totenstarren Hand gefunden habe. Und gießt dem Schlicht noch einmal von dem Löskaffee jetzt nach. Und fragt er sich, der Schlicht, wie das denn gehen soll, das mit der Fremdeinwirkung, wenn sich der Huber eingemauert hat, wenn es, das Haus, gegen jeden Eindringling von außen abgesichert, dass es schon leichter wäre, in die Nationalbank einzubrechen als da in diese Burg von einem Eigenheim. Nur sagt ihm irgendwas da drin, wo dieser Löskaffee ihn nun erlöst von seiner Unterkühlung, irgendwas da drin in ihm sagt ihm, dass das kein Unfall und kein Suizid gewesen ist, weil er, der Ingenieur, auch wenn man nicht hineinschaun kann in einen Menschen, also gedanklich nicht, in die Denke rein von diesem Menschen, so sagt ihm doch, dem Schlicht, so ein Gefühl, dass er nicht einer, der vor Eintreten des absoluten Ernstfalls abgedankt schon hätt.

Und plagt die Schimmelteufel übelste Migräne wieder, dass sie das Frühstück kaum hinunterwürgen mag. Bohrend dieser Schmerz in ihrer linken Schläfe. Unerträglich wird ihr dann das Sonnenlicht. Sie trägt an solchen Tagen die extradunkle Sonnenbrille wie so ein nordkoreanischer Diktator. Und steigt jetzt ein, in ihren Wagen, der auch die Scheiben dunkel hat getönt. Auf dem Weg da ins Büro hört einen Ton sie unter dem Motorenbrummen, denkt sich noch, dass hoffentlich der Motor nicht den Geist aufgibt, weil sie das gar nicht brauchen könne jetzt. Stellt ab den Motor da am Firmenparkplatz. Nur ist der Ton nicht weg. Noch immer da, als sie schon aus dem Auto steigt, derselbe Ton, der sie verfolgt. Sie hat sich schon die dritte Schmerztablette eingeschmissen. Da sieht sie, dass die Firmenwagen alle noch an ihrem Platz und Harald und Norbert also nicht zur Arbeit heut erschienen. Und hilft jetzt auch die Sonnenbrille nichts. Fühlt sich so an, als hätte jemand die Strahlkraft von der Sonne noch mal raufgedreht. Sie flüchtet zu der Eingangstür, die offen steht. Drinnen endlich dunkler. Doch dieser Klang ist plötzlich lauter und in Stereo. Derselbe Ton noch immer da am linken Ohr, und noch mal dieser Ton, wie er die Treppe runter. Mit Unterbrechungen, der Kammerton, denkt sie. Immer wieder klingt er an. Die Schimmelteufel folgt ihm jetzt, dem zweiten Ton, der in Wellen da den Gang herunterschwappt, an dessen Ende ihr Büro. Auch dort die Türe offen, von wo die Wellen ihren Ausgangspunkt. Dort an dem Schreibtisch, dem Laminatholztisch, sitzt nämlich er, der Schlicht, noch immer in den grünen Krankenhausklamotten. Die Füße auf dem Tisch. Er schlägt mit ihrer Stimmgabel sich auf das Knie und presst sie da auf ihren Schreibtisch rauf, dass der in Schwingung auch gerät. »Was hast du Franz hier drin zu suchen? Und überleg's dir gut, was du jetzt sagst.« Weil sie sonst ihm Manieren beizubringen hätt. »Du hörst jetzt erst mal mir zu.« Es sei nämlich so. Der Kerninger sei mittlerweile längst schon angezählt, und wenn sie jetzt nicht auf der Stelle mit ihm kooperiere, dann sei das Ganze hier, die Firma ihre, auch dem Untergang geweiht. Was er so wisse, liege nämlich schon ein dicker Akt da bei der Staatsanwaltschaft. Und will grad auf ihn los, den Schlicht, ihn mit der Stimmgabel als Schlagring dann bearbeiten, da merkt sie, dass sich grad all die Wellen da in ihrem Magen bündeln und all die Würgreflexe, die sie runtergeschluckt, dass die sich rächen jetzt, dass sie nicht anders kann, als zu erbrechen. Schafft es gerade noch ans kleine Waschbecken, da hat sich schon das Frühstück in einem Schwall hineinergossen. Lässt sich mit einem Taschentuch nun in der Hand auf einem Sessel nieder, auf dem gewöhnlich ihre Kunden sitzen. Ihm, dem Schlicht, sei all das höchst suspekt, und hätt schon längst das Weite er gesucht, wenn diese Angelegenheit ihn nicht persönlich immer wieder heimgesucht. Er habe einen Punkt erreicht, an dem er sich entschieden habe, selbst tätig zu werden, in die Offensive überzugehen. Dem Impuls zu folgen, bis auch der letzte Rest ist aufgeklärt. Und schließlich derjenige, der ihn in all das reingezogen, er, der Schauer, wiederaufgetaucht. Der Schauer stehe mit allen in Verbindung, dem Kerninger, dem Huber, der Bitter und mit ihrem Gatten. Und wenn sie ihm nicht auf der Stelle sage, was sie wisse, dann sitze er, der Schlicht, heut Nachmittag schon bei der Staatsanwältin. Und wischt die Schimmelteufel sich mit ihrem Taschentuch die letzten Reste aus dem Mundwinkel. Um ihren Mund zu säubern für das, was sie zu sagen hat. Der Schauer habe mit dem Ministerialrat Kerninger, der Bitter und dem Huber so eine Art Zirkel betrieben, zu dem auch ein gewisser Herr Andreas sich gesellte, mit dem auch sie, die Schimmelteufel, schon geschäftlichen Kontakt. Der Herr Andreas habe nämlich einen Urzeitpark, so eine Kinderattraktion, wieder auf Schuss bringen wollen, bis er auf ungeklärte Weise dort an der Nordbrücke sein Ende in der Donau habe gefunden. Es gebe den Behörden noch Rätsel auf, wie er post mortem sich flussaufwärts hat bewegen können. Das ist nun ein paar Wochen her, das wisse sie genau, weil sie am selben Tag bei ihm, dem Kerninger, hätt einiges zu reinigen gehabt. Um was genau es bei den Treffen dieses streng geheimen Bundes ging, wisse sie nur leider nicht, aber man wird sich wohl politisch wie wirtschaftlich, oder eben dort, wo sich das eine und das andere aufs produktivste treffen, immer wieder zur Hand gegangen sein. Und meint der Schlicht nun, dass diese Runde aber eine durchaus hohe Ausschiedsrate habe. Er komme nämlich gerade aus der Pathologie, wo man ihn fälschlicherweise schon wie ihn, den lieben Augustin, hat zu den Toten legen wollen. Dort liege beim Rechtsmediziner

Tulp der Huber grade am Seziertisch. Auch in diesem Fall die Umstände höchst nebulös. Er, der Schlicht, habe so ein Gefühl, dass, je weiter er in dieser Sache vordringe, umso undurchdringlicher werde sie. Und schlägt der Schlicht sich noch einmal die Stimmgabel jetzt auf das Knie, dass sie aufs heftigste vibriert und ihre Zinken diese Luft um sie herum verdichten und verdünnen, worauf aufs Neue der Kammerton erklingt. Und fällt ihm nun auch wieder ein, dass er da in der Wohnung von der Bitter ein Flugblatt von diesem Dinosaurierpark gesehen hat. Jetzt lauschen sie, die beiden, wie dieser Klang der Stimmgabel verebbt, nur die Gedanken rattern weiter da in ihnen.

Und fühlt die Schimmelteufel sich, als er, der Schlicht, schon längst wieder gegangen, da fühlt sie sich, durch diesen Würgreflex, durch das Erbrechen, fühlt sich gereinigt jetzt. Als hätt man sie mit einem Wischmopp innen ausgeputzt. Weil wenn man Jahr und Tag den Dreck der anderen hinunterschluckt, denkt sie, da kann es schon mal dann zu einer tiefren Sauberkeit auch führen, wenn man sich ordentlich mal übergibt. Und weiter denkt sie da in sich, dass einem bei der ganzen Schlechtigkeit, die herrscht da in der Welt, da kann es schon passieren, dass einem davon schlecht auch wird. Und weil die Schimmelteufel aber wirklich nichts umhauen kann, weil sie es nicht hergeben will, was sie so hart sich aufgebaut, drum schmieden sich da in ihr drin schon wieder Pläne, wie sie sich ihren wohlverdienten Teil rausschlagen könnt.

Im Bauch des Tieres

Zwei große schwarze Löcher mit nur ein bisschen Iris drum herum. Und schaut der Harald tief hinein jetzt da in die geweiteten Pupillen. Es hat nämlich der Norbert auf diesem Mittelalterfest von Tollkirschen genascht, die ihm ein als Druide kostümierter Biobauer angeboten. Der Norbert wollt sich nach dem Vogelvorfall nur ein bisschen ablenken, doch als die Wirkung nicht hat eingesetzt, hat er die Dosis dann erhöht, wovon ihm auch der Zwettler Kräuterhexer dringlichst hat abgeraten. Und fühlt nun Norbert schon seit Tagen sich verfolgt von Vögeln, die ihn lynchen wollen. Die seine tagblinden Augen ihm da aus dem Kopf rauspicken, kratzen wollen. Ihren Artgenossen rächen, dieses prächtig rote Vögelchen, dem er, der Norbert, das winzig kleine Köpfchen umgedreht. Und schon frühmorgens, wenn sie anheben zu singen, liegt er, der Norbert, da in Panik, und muss er büßen jetzt für seine Tat, obwohl er nur die Anweisung hat ausgeführt. Und weil der Harald ihn, den Norbert, nicht anders hat zur Ruhe bringen können, drum hat er ihm versprechen müssen, dass sie den toten Vogel in allen Ehren werden beisetzen. Und hat der Norbert drauf bestanden, dass sie noch mal die Mittelalterkluft sich überziehen, weil die dem Ganzen einen feierlichen Ernst würd geben. Drum schreiten sie da in der Dämmerung jetzt durch das hüfthoch ausgewachsne Gras, das ausgedorrt unter den Füßen raschelt. Die beiden da in ihren Kutten, die Kapuze überm Kopf, damit die andren Vögel nicht aus ihrer Vogelperspektive raus vorschnell sie erkennen können. Und trägt der Norbert diese Schuhschachtel voraus, in der auf Wattepolstern der rotfaktorige Kanari liegt. Der Norbert hat ihm ein paar Körner und Sommerblumen als eine Grabbeigabe mit hineingelegt, die ihm, dem Vogel, auf seinem Flug ins Jenseits soll eine Freude machen. Hinter dem Norbert schreitet Harald mit dem Kreuz, dem selbstgebastelten, und diesem Grablicht, auf dem ein Christusbild mit brennendem Herz-Jesu, das leuchtet durch die Flamme da im Inneren knallrot heraus. Und schreiten so in stiller Trauer tiefer rein in diesen Dinoplastikpark, in dem es langsam duster wird. Es hat nämlich der Herr Andreas dem Harald einmal anvertraut, dass dieses Areal auf einem aufgelassenen Friedhof sich befinde. Dass alles das geweihte Erde sei. Drum wollen sie, die beiden, den kleinen roten Vogel hier zur letzten Ruhe legen. Und hat der Harald mal gehört, dass sie, die Vögel, auch die letzten Artverwandten von den Urzeitechsen seien. Über die Evolution hätten sich die Dinosaurier dann Federn wachsen lassen. Es seien die, die nicht der Meteorit da von der Erde hätt gewischt, seien dann eben zu Vögeln geworden. Ja, dass sie den Kanari nur zu seinen Ahnen legen würden, dass das doch wie die Faust aufs Auge passen würd. Doch Norbert meint nur, dass er doch bitte seinen Mund jetzt halten solle, er, der Harald, er mache nämlich alles wieder mal kaputt, mit seinem dauernden Gefasel. Und während nun die beiden schweigend da am Fuße eines Brachiosaurus das winzig kleine Grab für dieses winzig kleine Vögelchen ausheben, sieht man am Eingang drüben, wie ein Licht hereinschlüpft, da in diese Steppenlandschaft rein. Und streift nun über die verdorrten Halme. Wie so ein Glühwürmchen, da in der Dämmerung, sich auf die Suche nach der Partnerin begibt. Streift suchend dieses Licht umher, das größer als ein Glühwürmchen, taschenlampengroß. Weil sich der Schlicht hat eingeschlichen, will sich hier ungesehen umsehen er. Drum ist er mit der Dunkelheit hereingebrochen, hereingeschlüpft mit ihr. Und bahnt sich mit der Taschenlampe in der Hand den Weg durch die versunkne Welt. Streift jetzt das Licht durchs trockne Gras. Und steht der Himmel immer wieder hell von Wetterleuchten. Sieht man nun Wolkentürme in der Ferne, wulstig wie ein Krebsgeschwür, leuchtend in die junge Nacht reinragen. Suchend läuft das Licht der Taschenlampe, der Kegel, durch den Park. Nähert sich jetzt diesem andren Licht, dass da aus dieser Grableuchte rausfällt. Der Schlicht dreht seine Taschenlampe ab, damit er unbemerkt sich nähern kann. Wie so ein Raubtier, da im Schutz der Dunkelheit, pirscht er sich immer näher. Zwei Mönche, die vor einem kleinen Loch im Boden knien, davor die Kerze und das schiefe Kreuz. Und will der Schlicht noch etwas näher ran, da tritt er auf ein kleines Ästchen, das unter seinem Fuß zerbricht. Trägt jetzt der Schall das Knacken da hinüber zu den beiden und hinein ins Ohr von ihm, dem Norbert, dass er mit einem Mal zurückversetzt ist da in den Moment, als er den Vogel noch in seiner Hand, und so ein Knacksen später, war alles Leben schon aus ihm gewichen. Und blickt jetzt auf, der Norbert, aus dem dunklen Grab, und sucht sein Blick, von wo das Knacksen grad gekommen. Und weil durch die Pupillen von dem Norbert noch immer mehr Licht fällt als sonst, sieht jetzt im Schein des Wetterleuchtens ihn, den Schlicht, der da im hohen Gras drin kauert. Und kann es nun nicht fassen, er, der Norbert, wie derjenige, der für das alles mitverantwortlich, wie der es wagen kann, diese Zeremonie zu stören. Es muss da drinnen in dem Norbert irgendeine Drüse ein Sekret jetzt ausgeschüttet haben, dass er im selben

Augenblick nun blind vor Wut. Und springt er auf, der Norbert, schnell hinüber zu dem Schlicht. Versucht zu flüchten noch, der derart Überraschte, da hat der Norbert ihn am Kragen schon. Wirbelt ihn herum. »Wie kannst du nur?« Und wirft jetzt grob den Schlicht zu Boden, dass er dort liegen bleibt. »Dir muss wohl einer mal Respekt beibringen? Störst diese Totenfeier für das rote kleine Vögelchen? Das noch am Leben wäre, wenn …« Und will ihm jetzt mit ein paar Schlägen wieder einen Anstand da in seinen Leib reinprügeln, da hält der Harald ihn zurück. »Das bringt doch nichts, Norbert!« Und stößt ihn von sich weg. »Du hast mir nichts zu sagen mehr.« Und dreht sich wieder um zu ihm, dem Schlicht, holt aus mit seiner Faust wie eine Abrissbirne. Der Himmel hell erleuchtet von dem Wetter, das nun näher rückt. Da fällt dem Schlicht erst wieder ein, dass er die Taschenlampe immer noch in seiner Hand. Und drückt den Knopf, dass grell der Lichtkegel rausscheint aus ihr und rein da in das Antlitz von dem Norbert. Hinein in die zwei schwarzen Löcher, die mehr Licht aufsaugen, als sie fassen können. Und muss der Norbert sich geblendet von dem Licht, Tränen in den Augen, abwenden, worauf der Schlicht den eh schon angeknacksten Kopf mit einer Rolle seitwärts aus der Gefahrenzone bringt. Und läuft, läuft wie von Sinnen, jetzt die Taschenlampe wieder abgedreht, der Schlicht jetzt da in diesen kleinen Wald, durch Büsche und Gestrüpp. Die Bäume biegen sich im Wind. Da stürzt er über eine Wurzel, dass diese Taschenlampe ihm da aus der Hand, um dann in hohem Bogen irgendwo ins Unterholz zu poltern, die findet er so schnell nicht wieder. Und hört, wie sie, die beiden, näher kommen, da läuft er tiefer rein da in den Park. Im Blitzlicht urzeitliche Fratzen, Stachelrücken, aufgerissne Mäuler, sensenlange Krallen. Verkriecht sich jetzt der

Schlicht, da hinterm Bein von einem Therizinosaurus. Hört, wie die beiden nach ihm suchen. Und als sie schon ganz nah an ihm und er die Luft schon anhält, damit sein Atem ihn nicht noch verrate, hört man krächzend aus den Bäumen über ihnen den Schrei von einer Krähe. Und fährt der Vogelschrei durch ihn, den Norbert, durch, dass er jetzt wie vom Blitz getroffen kehrtmachen will. »Harald, wir gehen. Das ist kein Ort für so etwas.« Und hört man raschelnd nun die beiden Hobbygeistlichen von dannen ziehen. Der Schlicht sinkt da am Plastikbein des Sauriers zu Boden, wo er kurz sitzen bleibt. Spürt jetzt, wo auch der Schock nachlässt und auch das Adrenalin sich langsam wieder einpegelt, spürt er, dass er vorhin beim Sturz das Knie sich aufgerissen haben dürft. Und dass ein bisschen Blut da aus der Wunde tritt. Nun haben seine Augen sich ein wenig an die Dunkelheit gewöhnt, seine Pupillen auf natürlichem Wege sich geweitet. Sieht etwas weiter hinten da im Park ein Licht, ein blaues Licht aus einem riesengroßen Maul rausscheinen. In Neonlettern stand dort mal der Schriftzug *Dino Reste*, und sind ein paar von diesen Leuchtbuchstaben ausgefallen, das »D«, das »i« und auch das letzte »e« leuchten schon nicht mehr. Liest man nun nur mehr: No rest. Der Schlicht geht jetzt drauf zu auf diesen Schlund. Und hört er's leise rauschen da aus dem Rachen von dem Saurier, wo auch das blaue Licht herkommt. Es funkeln seine Augen, funkeln jetzt mit jedem Blitz. Die Zunge hat er ausgerollt wie einen roten Teppich. Drum rum stehen aufgereiht die schulterhohen Zähne. Und will der Schlicht grad da die Speiseröhre runter, ins Innere des Ungetüms. Da merkt er erst, dass zwischen diesen Reißzähnen, den menschengroßen, sich etwas rührt. Und schreckt sich fast zu Tode er, der Schlicht, als sie, die Astrid, aus dem Schatten von der Zahnlücke raustritt. Ob es ihm wieder bes-

ser gehe oder ob er dem Krankenhaus ohne Entlassungs-
schein entflohen sei. Sie hätte sich schon Sorgen um den
Schlicht gemacht, weil er nicht an das Telefon gegangen sei.
Und hätten sie doch eine Abmachung gehabt, dass er den
Vater suchen solle. Wo kämen wir da hin, wenn wir uns nicht
an unsere Verpflichtungen mehr hielten. Sie glaube noch
daran, dass die Verbindlichkeiten, die man eingegangen, die
Vertraglichkeiten, das sind, was unsre Welt im Innersten
zusammenhält. Weil uns so ein Versprechen eine klare Rolle
nun mal gebe, eine Struktur, an der die Welt sich wieder auf-
richte. Nur ihr Vater halte sich nie an sein Wort. Als der
Schlicht sich nicht bei ihr gemeldet habe, da habe sie an
seiner Ehrlichkeit dann doch gezweifelt. Und treibe einen so
ein Zweifel gern zu mancher Dummheit, die einem nachher
leid dann tät. Und nähert sich da auf der Zunge von dem
Ungetier, nähert sich die Astrid Schritt um Schritt nun ihm,
dem Schlicht. Was sie hier mache in dem verlassenen Vergnügungspark um Mitternacht, fragt nun der Schlicht. Nur
einen kleinen Ausflug. Etwas auslüften nach der intensiven
Tätigkeit. Sie habe bei den Sachen ihres Vaters eine Bro-
schüre drin gefunden. Mit Notizen drauf, die hat ihr Vater
sich gemacht. Es sei der Park nun mal, wie's darin heiße, ein
Erlebnis für die ganze Familie. Darunter diese Bilder von
Kindern, die fröhlich aus den Mäulern solcher Bestien raus-
lachen. Als sie das hätt gesehen, da habe sie hierherfahrn
müssen. Da habe irgendwas in ihr den unstillbaren Kinder-
wunsch geäußert, sofort hierherzufahren, um diese Plastik-
ungeheuer mit eignen Augen dann zu sehen. Sie sei da auf
dem Weg ganz hibbelig geworden vor Aufregung. Und konnt
es kaum erwarten, endlich einen lebensgroßen Saurier zu
sehen. Stehe man dann vor so einem urzeitlichen Riesen,
fühle man sich wieder klein wie so ein Kind. Drum habe

auch der Herr Andreas, der diesen Park wollt wiederauferstehn lassen, habe drum gesagt, der Park sei offen für die Kinder und solche, die wieder eines werden wollen. Weil doch für so ein Kind sei erst mal alles viel zu groß, da müsse man erst reinwachsen, da in die Welt, und wachse, wachse viel zu langsam es, das Kind. Und würd gern schon so groß wie Papa, damit es passt da in die Welt. Und darum auch die Liebe zu den Riesenechsen, die viel zu groß für diese Welt. Die gar nicht reinpassen da in die Welt, alles ist für einen Dinosaurier zu klein, denkt es, das Kind. Drum seien sie dann auch verschwunden aus der Welt. Das hätte sich wohl auch der Andreas dann gedacht. »Hat vor den Riesenechsen dort gestanden, der Herr Andreas, und hat das Kind in ihm, das er doch immer noch gewesen, hat dieses Kind da in sich drinnen dann gedacht, dass die schon recht gehabt, die Dinosaurier, dass sie aus dieser Welt, die nicht die ihre war, hinausgestorben sind. Kurz drauf hat man ihn dann da in der Donau schwimmen sehen, mit dem Gesicht nach unten.« Andere allerdings hätten behauptet, dass ihn die Geister all der Toten, die unter diesem Park noch liegen, ihn hätten in die Donau reingetrieben. Und flüstert nun die Astrid ihm ins Ohr, dass sie ihn gleich erkannt, den Herrn Andreas, wie er da aufgedunsen vor ihnen gelegen ist. »Schon seltsam, wenn die Kinder die ausgerissnen Eltern suchen müssen. Husch, husch nach Haus mit euch.«

Und hört man es jetzt donnern da aus den Wolkenmetastasen, durch die die Blitze blau wie Adern ziehen, da über ihr, der Stadt. Und schlingt sie jetzt den Arm um ihn, den Schlicht, und blickt sich um in dieser Mundhöhle, so sehe das wohl aus, wenn man von etwas, das viel größer als man selbst, verschlungen werde. Das wär der letzte Anblick, bevor man dann verschluckt, hineinverdaut in so ein größeres

Wesen werde. Und hört man es von unten aus dem Magen rauschen und plätschern jetzt. Als würd ein Fluss dort unten irgendwo entspringen. Und sanft versucht die Astrid nun, den Schlicht wieder hinaus ins Dunkel von der Nacht zu schieben. Sie habe ganz den Überblick verloren und finde diesen Weg hinaus nicht mehr, raus aus der Urzeit, der Urvater, der werde schon alleine wieder auftauchen, und ob nicht er, der Schlicht, sie rausbegleiten könne. Damit sie nicht auch noch verlorengehe. Und fällt dem Schlicht da wieder diese Wunde auf, die er am Knie, aus der jetzt etwas Blut da runter auf die große rote Zunge tropft, und fällt ihm ein, dass er doch in der Dinoreste nach einem Erste-Hilfe-Kasten Ausschau halten könnt. Und will sich lösen jetzt von ihr, der Astrid, er müsse kurz noch um Verbandszeug da hinunter. Und klammert sich jetzt fest an ihn, den Schlicht, hält ihn zurück. Dort finde er nur nichts. Nichts, um so eine Wunde zu verbinden. Drückt sie von sich, da graben sich die roten Fingernägel rein in seine Haut, und stößt sie etwas unsanft weg von sich, dass sie nach hinten stolpert und an der Rückseite von diesem Eckzahn liegen bleibt. Und geht hinunter jetzt, die Treppe unterm Gaumenzäpfchen, da auf das Rauschen zu, das immer lauter wird, und hört von oben noch sie schreien. »Niemand wird ihn finden, niemand! Weil er sich selbst schon längst verloren hat.« Und dann ein Donnergrollen, das wie Magenknurren hier herunterrollt.

Und geht der Schlicht den Gang am Ende von der Treppe nun entlang, der wulstig ausgeformt wie eine große Speiseröhre. Dort an den fleischfarbenen Wänden eingelassen Dioramen. Abbilder da aus der Zeit der Dinosaurier. Friedlich grasende Pflanzenfresser, fleischfressende Bestien, die übereinander herfallen und brockenweise Fleisch sich aus den Leibern reißen, ein Nest mit Eiern drin, aus denen kleine

Saurier grad schlüpfen, der Himmelskörper, der brennend aus dem Himmel fällt, und schließlich da im letzten Fenster die Auferstehung mittels modernster Gentechnik, ferne Zukunft, in der die Saurier als Nutztiere uns dienen. Und steht jetzt an der Tür und hört es rauschen hinter ihr, da stößt der Schlicht sie auf, dahinter ein Imbiss im amerikanischen Stil der 50er. Chrom und rote Lackpolsterbezüge, Hocker, Theke, Tortendrehvitrine. Der Boden schwarz-weiß gekachelt, als würde man in einem Edward-Hopper-Bild drin stehen. Nur statt der Fenster Bildschirme, die einen Blick in urzeitliche Panoramen freigeben, mit Riesenfarnen, Palmen, Schluchten, durch die gelegentlich ein Archaeopteryx auch segelt. Die Tische und Sessel sind an der Hinterseite aufgereiht. Um vier Tiefkühltruhen Platz zu machen. Es kommt das Rauschen von den Pumpen dieser vier Kühlgeräte, die offen stehen, und sind sie vollgefüllt mit Wasser, das tükisblau wie an einem Südseestrand da aus dem Innren strahlt. Weshalb sich an der Decke von dem Imbiss Wellenmuster bilden, Licht und Schattenspiel, als wär die Decke flüssig, würde Wellen schlagen. Der Schlicht geht auf die Truhen zu, die rauschenden. Als plötzlich, da aus dem Wasser in der Truhe, ein Körper hochschnellt, der dem Doktor Schauer seiner ist. Atmet tief röchelnd ein jetzt er, der Schauer, klingt hoch und langgezogen fast wie der Schrei von einem Grönlandwal. Und eilt der Schlicht jetzt hin zu ihm, dem Schauer, um der gebrechlichen Gestalt da aus der Tiefkühltruhe rauszuhelfen. Kalt wie ein Plattenfroster fühlt seine Haut sich an, dass sie die Kälte in den Händen drin von ihm, dem Schlicht, die Nerven reizt und stechend sich ein Schmerz ausbreitet. Er hilft dem nackten Schauer hinein in seinen Bademantel, der auf der kleinen Leiter liegt. »Ah, der Herr Schlicht. Sie hätt ich ja beinah vergessen.« Und wickelt sich die Waden und den

Kopf gekonnt in Badetücher ein. Es tue ihm sehr leid, dass er zum Zeitpunkt, dem vereinbarten, nicht da bei ihm im Keller im Eisschrank drin gelegen sei. Aber die Pläne, seine, hätten sich etwas geändert. »Geändert?« Und ist der Schlicht nun etwas ungehalten. Er verstehe dem Schlicht seine Aufregung grad gar nicht, er könne sein Honorar natürlich voll und ganz behalten. »Sie haben mir nichts überwiesen.« Nun gut, da könne er grad schwer was ändern dran. Was er denn von ihm wolle, er sehe doch, dass dieses Hemd von ihm, das habe keine Taschen. Und fasst der Schlicht ihn jetzt am Kragen, weil ihm sein eigener grad geplatzt, und drückt ihn da gegen die Truhe. Schluss jetzt, er sei, um ihn zu finden, zweimal beinah um Leib und Leben schon gekommen. Das eine Mal hätt man ihn schon in einem Sarg vergraben. Da wäre er schon mehr da drüben auf der andren Seite dann gewesen. Er hätte als Leiche unter Leichen schon gelegen. Und sei dann doch zurück, um dieser Geschicht auf den Grund zu gehen. »Was hat das alles zu bedeuten?«

Unternullgradbäder. Er habe so ein Tutorial da drin im Internet sich angeschaut, wie man aus Tiefkühltruhen Unternullgradbäder baue. Das sei der wahre Jungbrunnen. Die Zellen würden sich nach diesen kalten Bädern, nach dieser Kryotherapie würden sie sich dann verjüngen, das sei die Theorie. Man wende diese heilende Kraft der Kälte auch schon in der akuten Krebstherapie heut an. Er hoffe nur darauf, dass er ein bisschen Zeit gewinne mit dieser Anwendung. Den Tod etwas hinauszuschieben, damit er diese Angelegenheiten noch regeln könne, zu denen man ihn schändlicherweise hätt gezwungen. Das alles befinde sich noch im Versuchsstadium. Es gehe um das richtige Verhältnis von Wasser und Salz. Damit die Flüssigkeit trotz Temperaturen unter der Gefriergrenze dann nicht zu Eis erstarre, sondern weiter badetauglich bleibe. Hätte man da erst die richtigen Mischungsverhältnisse gefunden, stelle sich die Frage, welches Salz das bessere. Adria, Ischler, Emser und vom Toten Meer seien in der engeren Auswahl. Er habe mit dem Wasser aus der Hochquellleitung bisher keine schlechten Erfahrungen gesammelt. Er, der Schlicht, könne sich aber vorstellen, dass das noch mal ein eigenes Kapitel sei. An Humbug wie energetisiertes Wasser glaube er dann doch noch nicht, aber jedes Wasser bringe seine eignen Lösungsstoffe mit. Mineralien, die einen Unterschied in derlei heiklen Heilungsangelegenheiten machen könnten. Das Feinstoffliche gebe den Ausschlag, das Feinstoffliche sei das Einzige, das seinen Organismus noch am Leben halte. Einem Truhendeckel nach dem anderen gibt er, der Schauer, jetzt einen kleinen Stoß, dass knallend sie zufallen. Und auch die Decke Schlag um Schlag nicht mehr so flüssig nun erscheint. Er wankt, wankt schwindelig, der Körper von dem Doktor Schauer, und klammert sich kurz an die letzte Truhe. Hält sich dran fest, damit er nicht umkippt. Seine Tochter habe gerade erst ihn aufgesucht, ihn ausfindig gemacht. Es habe ihn schon einiges an Energie gekostet. Wie doch der Nachwuchs immer auf Energiekosten der Eltern gehe. Allein schon diese Zeugung sei aus energetischer Sicht ein verschwenderisch schöner Potlatch. Doch sie, die Astrid, sauge ihn auch jetzt, wo er mit seinen Kräften schon am Ende sei, sauge ihm auch noch die letzten Lebensenergien aus.

Und nutzt der Schlicht es aus, dass er, der Schauer, angeschlagen in den Seilen hängt, wie so ein angeschossenes Reh hängt er da an der Truhe. Fragt ihn jetzt, der Schlicht, ob denn die Tochter auch ein Teil von dieser Gruppe, mit dem Huber und dem Kerninger und ihr, der Bitter. Und wirft der Schauer ihm einen finstren Blick jetzt zu. Er habe keine

Tochter mehr, er hätte sich heut Abend von ihr losgesagt, weil es mit einer solchen Tochter, da könne es keine Versöhnung geben. Sie habe gemeinsam mit dem Kerninger zerstört, was er mühsam habe aufgebaut. Sie seien fünf gewesen, der Huber, die Bitter, der Kerninger, der Herr Andreas und er, der Schauer selbst. Lose Bekannte aus unterschiedlichsten Zusammenhängen, doch was sie alle habe verbunden, sei eine geteilte Sorge gewesen, wie man es schaffe, richtig aus dem Leben mal zu scheiden. Und hätte er, der Schauer, in einem Buch von Stevenson von einem Selbstmordclub gelesen, so eine Art Sterbeverein. Dass man im Fall des Falles dann nicht selbst sich aus der Welt rausnehmen müsse, nein, dass einer der Vereinsmitglieder diesen vermeintlichen Selbstmord dann inszeniere. Und hätten sie sich dann dazu entschlossen, dass wenn eine oder einer der Mitglieder aus welchem Grund auch immer sich dann aus freien Stücken entscheide zu gehen. Dass dann das Los entscheide, wer ihn dann oder sie umbringen werde. »Auch wenn es noch bei keinem von uns akut schien, so hatten wir doch damit das Gefühl, für diesen Ernstfall abgesichert dann zu sein.« Es schien perfekt, und er, der Schauer, vielleicht der Erste, der nach seiner Diagnose sich auf sein Recht, selbstgemordet, wie Artaud sagen würde, selbstgemordet dann zu werden. Und hört man jetzt von draußen Donner, die wie Verdauungsklänge durch den Körper von dem Untier hallen. Bis seine Tochter, die Astrid, sich in den Kerninger verschaut und er, der Kerninger, in sie. »Und ist der Ministrialrat der lächerlichsten Illusion von einem zweiten Frühling aufgesessen, hat sich da an der Tochter, meiner, seine Frühlingsgefühle abgeholt. Ich mein, das muss man sich mal vorstellen, wie jemand, der wie er, der Kerninger, seines Lebens überdrüssig, jemand, der derart verlebt, sich dann so eine Lebenslust will wieder einreden.«

Und hätte er ihm das persönlich auch gesagt, der Schauer, was das denn soll bei diesem Altersunterschied. Da habe er ihm noch erklären wollen, dass sich da in der Astrid und in ihm zwei ganz alte Seelen treffen würden. Es mache ein in sich hineinphantasierter Frühling den Menschen zu dem Dümmsten, was es gebe. Weil einem jede Dummheit als Abenteuer dann erscheine, als wär man wieder Anfang zwanzig. Und denke, man habe wieder Hals genug, um ihn da bei der nächstbesten Gelegenheit dann zu riskieren. Weil genau so eine waghalsige Dummheit sei da in ihn, den Kerninger, hineingefahren.

Und sitzen jetzt die beiden an der Theke von dem Diner, und schenkt der Schauer dem Schlicht einen Kaffee nun ein, den sie sich aufgebrüht. Der Kerninger habe darum ihren Verein als überflüssig angesehen, weil doch der Freitod ihm als das Allerfernste nun erschien. Drum habe er versucht, sich seinen Vorteil anders aus der Sache rauszuschlagen. Und habe er darum diesen Verein nur mehr als Totenkammer angesehen, die es zu plündern gelte. Es habe seine Tochter, sein eigen Fleisch und Blut, habe dem Kerninger verraten, dass dieses Areal, das dem Andreas seines und das angrenzende Grundstück, das Brachland, zwischen Park und Ostbahn, dass das der Huber sich vom Herrn Andreas hat ererbt. Und beide Flächen, weil der Huber und auch der Andreas kinderlos, im Todesfall auf ihn, den Schauer, übergehen würden. Ja dass, wenn nur die Reihenfolge stimme, in der wir abzuleben hätten, wie Dominosteine einer nach dem anderen, dass dann am Ende dieser Erbfolge seine Tochter stehen würde. Zwei Steine seien schon gefallen. Der Huber sei noch lange nicht bereit gewesen für den letzten Schritt. Er habe sein Ableben minutiös geplant. Er, der Schauer, hätte sich mit ihm, dem Huber, über Totenrituale ausgetauscht. Was ihnen vorgeschwebt, sei eine gänzlich neue Kunst des Sterbens. Dass er sich nun auf derart banale und vulgäre Weise selbst den Tod hätt angetan, sei für ihn ausgeschlossen. Jemand wie der Huber, der sich fast wie ein Kind aufs Sterben freute, der diesen Akt genießen wollte, dass der sich zackbumm da in den Kopf reinschieße, wie irgend so ein Jäger in der Midlife-Crisis, sei schlichtweg absurd. Er brauche nur ein bisschen Zeit, mehr nicht, um sich da an dem Kerninger mit aller angebrachten Härte dann zu rächen. Mit einem Fuß schon da im Grab, ihn mit dem anderen zertreten. Er habe in Erfahrung bringen können, dass er, der Kerninger, über eine Reinigungsfirma Geldwäsche im großen Stil betreibe. Ihm, dem Schauer, fehlen nur noch ein paar Beweise, um ihn, den Kerninger, aus allen seinen Ämtern zu verjagen, ihn öffentlich zu exterminieren. Wie einen tollen Hund ihn dann zu jagen und ihn zur Strecke auch zu bringen. Und muss er sich, weil er nicht anders kann, muss sich der Schauer jetzt über alle Maße aufregen, dass ihm der Atem wegbleibt ganz, und hustet jetzt, als würd er einen ganzen Lungenflügel herauf noch würgen, dass er fast da vom Hocker fällt. Braucht eine Ewigkeit, bis er sich wieder hat gefangen. Und meint der Schlicht nun nur, dass er ihn in ein Krankenhaus fahrn könne, dass das in seinem Zustand wohl das Beste sei. »Das ist sehr anständig von Ihnen, nur ist das für mich keine Möglichkeit.« Die Vorstellung, in einem Krankenhaus zu sterben, in einem aseptischen Raum, umringt von lebenserhaltenden Maschinen, diese Vorstellung sei für ihn unerträglich. Er sei ein sogenannter aussichtsloser Fall. Er spüre, dass der Tod ihm nahe trete, es könne jeden Augenblick so weit schon sein. Nur habe er nun das Gefühl, dass er nach allem, was er angestellt, um sich auf diesen einen letzten Moment dann einzustelln, er komplett planlos sei, das alles habe ihn nur abgelenkt vom Eigentlichen. Er wisse weniger als je zuvor, wie das denn gehen solle, sterben. Und schweigend blickt er tief da in den Schlicht hinein, dass da in diesem Blick seine Verzweiflung rüberschwappt auf ihn. Wenn er ihm helfen wolle, er, der Schlicht. Dann solle er ihm diese letzte Frage noch beantworten: »Wie geht das Sterben?« Und immer knapper wird der Abstand zwischen diesem dumpfen Grollen, dem Magenknurren dieser Bestie, in deren Bauch sie sich befinden. Und meint der Schlicht nun endlich nach einer halben Ewigkeit, dass es da kein Rezept gebe, kein Handbuch für den letzten Augenblick, weil das doch keiner wissen könne, was einen da am Schluss erwarte. Da leuchten sie, die Augen von dem Schauer, noch mal auf und kehrt ein bisschen Leben zurück in seine ausgezehrten Glieder. »Sie waren doch schon da. Mehr drüben als herüben, haben Sie doch grade noch gesagt.« Und schlägt mit seiner Faust da auf die Theke, dass sie, die Tassen, klirren. »Sehn Sie mich an, sehen Sie das, mein Körper zerfällt, zerfällt mir, das ist doch alles mehr tot schon als lebendig, da, sehen Sie sich das mal an.« Er könne doch so jemanden wie ihn nicht weiter hinhalten. Er müsse das jetzt wissen, jetzt, auf der Stelle. »Ich sterbe, und ich weiß nicht, wie.« Und meint der Schlicht es wirklich gut mit ihm in dem Moment, meint, dass wenn er für's Religiöse offen sei, dass ein Gebet vielleicht, oder noch einmal in sich gehen, wie es Buddhisten täten, oder ein letztes Glas Wein vielleicht. Und macht das alles ihn, den Schauer, nur noch wütender, er könne nicht verstehen, warum er es ihm nicht verraten wolle, ihm, einem Todgeweihten, diese letzte Bitte unterschlage. Und tut der Schlicht ihm den Gefallen, versetzt sich noch einmal da rein, wie das denn war da drin im Grab: »Liegt man erst die drei Meter tiefer. Und hört die schwere Erde auf den Deckel fallen, schießt dann die kalte, kalte Angst da in die Adern rein. Schnürt zu den Hals, dass man kaum atmen kann, und plötzlich wird man sich der ganzen Ausweglosigkeit bewusst, der bitteren Gewissheit, bricht dann mit aller Urgewalt herein, legt sich wie feuchte Erde da auf einen drauf, erdrückt einen die letzte Einsicht, dass man jetzt alles hergeben wird müssen und nur mehr dieser Rest zurück, der nicht des eignen Namens wert, und dass auch dieser Rest wird wegfaulen noch von dieser Welt. Ist man dann völlig allein und wird noch einmal weniger. Nur dass mir da in dem Moment der absoluten Verzweiflung, im Nullpunkt, Augenblick des Todes, das lächerlichste Wort dann eingefallen ist. Das muss man sich mal vorstellen, dass einem mitten in der größten Todesangst, wo alles droht einen zu erdrücken dann, dass einem dann das Wort »Rehragout« einfällt, »Rehragout«, der lächerlichste Klang, und trotzdem plötzlich eine Entspannung, ein Lachenkönnen, hat aus dem Wort heraus unerwartet eine Heilsüberraschung mich überkommen. Und alles dann ganz einfach, lächerlich einfach.« Und sieht der Schauer ihn mit einer grenzenlosen Enttäuschung an, erhebt die Hand und will jetzt nach ihm schlagen, da schwinden ihm die Kräfte und er sackt in sich weg. Fällt auf den Tresen, dass einmal noch die Tassen klirren, und bleibt dort liegen. Der Schlicht fasst ihm an seinen Hals, kein Puls. Und auch kein Atem mehr.

Als wieder er die Speiseröhre rauf, kommt es ihm da die Treppe schon entgegen, bächeweise. Der Totenfluss, denkt er. Der langersehnte Wolkenbruch. Und liegt noch immer da, die Astrid auf der Zunge an den Zahn gelehnt, den Blick starr in den Schlund gerichtet. Sie muss sich ihren Kopf gestoßen haben, als sie gestolpert ist vorhin. Als hätt der Zahn da hinter ihr, als hätt der Zahnfleischbluten. In ihrer Hand ein kleiner, nicht zu weißer Zahn. Und lässt der Schlicht sich von dem Ungeheuer ausspeien in die dunkle, feuchte Nacht. Will sich nicht umdrehen mehr. Da schlägt ein Blitz ein in die Plastikhaut der Reste. Und steht mit einem Mal in Flammen, lichterloh. Und könnte schwören, er, der Schlicht, dass er ein Reh im Dickicht grad gesehen. Das kurz, wie er, da in die Flammen reingestarrt.

Kein Feuerwerk

Und baumelt, baumelt da, wo sonst der Wunderbaum, baumelt nun ein kleines Kärtchen dran, da in der Fahrgastzelle. Darauf ein Datum und das Wort »unidentifiziert«. Und hört man eine Stimme aus dem Radio, das ist der Wettersprecher, der nun das Wetter für die nächsten Tage spricht, verspricht wenig an Abkühlung, der Sommer sei noch lang und lang noch nicht vorbei. Und denkt der Schlicht in sich, während er wieder seine Runde dreht, dass es zumindest diesen Staub hat aus den Straßen weggespült. Er hat seinen Transporter dann doch wiedergefunden, nachdem er mit dem Schlüssel in der Hand stundenlang ist ziellos durch die Stadt spaziert. Hat doch die Fernbedienung dann den Blinker ausgelöst, der ihm signalisiert, dass dort hinter der Ecke der Tiefkühlkosttransporter steht. An der Windschutzscheibe ein ganzer Stapel Strafzettel. Zum Glück war von der Ladung schon der Großteil raus, nur ein paar Lammkronen, die aufgetaut da in der Hitze vor sich hin gegammelt, und Fruchteisstäbchen, die in Siruplachen geschwommen sind. Und biegt der Schlicht jetzt vor das Haus der letzten Kundin seiner Tour, ein Bienenstich, mehr nicht. Auf dem Sitz da neben ihm liegt aufgeschlagen eine Tageszeitung, darin die Schlagzeile *Familiendrama im Familienpark.* Der Schlicht muss sich nun endlich auch bei Fabian mal wieder blicken lassen. Und sieht von weitem schon, dass er, der Fabian, da auf dem Dach des Ladens steht. Stellt jetzt der Schlicht seinen Transporter vor dem Friedhof gegenüber ab. Und klettert rauf über die Leiter, diese klapprige, von hinterm Laden rauf da auf das flache Dach. Stehn dort zwei Campingklappstühle und eine Kühlbox voller Bier. Aus der sich Schlicht jetzt ungefragt bedient und erst mal Platz nimmt da in einem von den Stühlen. Und steht der Feuerwerker Fabian mit einem Golfschläger bewaffnet am Rand des Daches. Legt auf ein Tee jetzt eine Christbaumkugel mit Swastika darauf. Holt weit aus über den Kopf mit seinem Golfschläger. Und schwingt mit aller Kraft den Schläger auf die Christbaumkugel nieder, dass sie in tausend Stücken, glitzernd wie ein Feuerwerk, sich da auf diesem Brachland hinter seinem Laden dann verteilt.

Es hat nämlich der Fabian, nachdem die beiden Mönche seinen Kanari exekutiert, da hat der Fabian an nichts andres mehr denken können, als daran, wie er es dem Kerninger heimzahlen könnt. Und kann der Fabian in solchen Dingen eine Hartnäckigkeit entwickeln, die seinesgleichen sucht. Und hat sich penibelst auf den Rachefeldzug vorbereitet. Pläne von der Villa von dem Kerninger, Alarmanlagen dann studiert, um ungesehen sich da in das Schlafzimmer von ihm zu schleichen, wo seine Kronjuwelen. Und hat der Fabian das Kästchen leer geräumt, und statt dem Naziweihnachtsschmuck hat er, der Fabian, so eine Nebelgranate dort platziert.

Und hat der Ministerialrat Kerninger statt seiner obszönen Sammelleidenschaften dann, als er sein Kästchen wieder hat geöffnet, nur eine Nebelwand vor sich gefunden. Der Kerninger hat aus dem Nebel nicht so leicht wieder herausgefunden. Es muss der Schreck da in ihm drin auch was zerbrochen haben, denn als der Nebel, dieser äußere, im Schlafzimmer von ihm, dem Kerninger, sich dann gelegt, hat sich der Nebel da in ihm drinnen nicht verzogen. Als dann die Staatsanwältin mit der Korruptionsbehörde da vor seiner Tür gestanden, da war er nur mehr eine Nebelbank, aus der gelegentlich die blaue Nase schaute. Es ist nämlich die Schimmelteufel nun da beim Herrn Inspektor auf der Bettkante gesessen, weil so ein Ordnungssinn und einer für die Sauberkeit, das geht nun mal recht gut zusammen, und hat der Herr Inspektor bei der Staatsanwaltschaft für die Schimmelteufel einen mehr als akzeptablen Deal herausgeholt. Was sie da an belastenden Beweisen über den Kerninger der Staatsanwaltschaft zugesteckt, birgt jahrelang Beschäftigung für allerlei Gerichte.

Und legt der Fabian sich jetzt noch eine Kugel auf das Tee und zieht noch einmal fester durch, dass wieder so ein Feuerwerk glitzernd in den Abendhimmel sich verstreut. Da denkt der Schlicht in sich, es werden unten auf dem Brachland wohl neue Christbäume draus wachsen. Und fragt der Fabian ihn jetzt, wie seine Woche war. »Gab schlimmere.« Er habe noch mal drüber nachgedacht, was er, der Fabian, beim letzten Mal gesagt, dass es ihm vorkäme, als wäre er ein Teil von einer größeren Erzählung. Er sei da andrer Meinung. Das alles sei zu unwahrscheinlich für so eine Erzählung. Die Wirklichkeit sei viel freier noch erfunden, als jegliche Erzählung das zustande bringen würd. Der Fabian setzt sich jetzt da zu ihm. Und starren sie so vor sich hin. Er wisse übrigens, wo diese beiden Mönche seinen Kanari beigesetzt. So sitzen sie noch eine Weile. Und blickt der Schlicht jetzt auf die Lichter dieser Stadt, und ist ihm, als würde er die Innenseite seiner Schädeldecke grad betrachten.

Mein Dank gilt allen, die dieses Buch ermöglicht haben.
Fürs Mitlesen und Mitdenken vor allem aber:

Regina, Lukas, Magdalena, Florian und Florian,
Edith, Albert, Sophie und Friederike.